살림 못하는 완벽주의자

이 책은 '2022 NEW BOOK 프로젝트-협성문화재단이
당신의 책을 만들어드립니다.' 선정작입니다.

살림 못하는 완벽주의자

음감

일상을 소재로 글을 쓴다는 것은 양날의 검과 같다. 잘 드는 쪽이 걸리면 마음이 단칼에 썰리며 공감이라는 인장이 찍히겠지만, 무딘 쪽이 걸리면 재미도 없고 감동도 없고 이걸 왜 읽어야하나, 하고 단칼에 책을 덮어 버리게 만드니 말이다.

이런 맥락에서 저자는 어떤 면이 잘 드는 칼인지를 확실히 알고 썼구나, 감탄하게 만든다. 글 하나하나에 날이 서 있어서 베이지 않고 읽기가 쉽지 않다. 거기에 문장력은 대단한 식감을 자랑한다. 다소 평범하기 짝이 없는 영역들도 특별한 문장을 만나니 짝을 찾아 반짝반짝 빛난다. 이걸 이런 시각으로 바라보고, 이렇게 표현할 수 있다고? 하면서 곱씹으면 기분 좋은 풍미를 느낄수 있다.

여기까지만 해도 충분했을 텐데 장대 끝에서 한발 더 나아가는 묘기를 보여주듯, 저자는 인간이란 무엇인지, 삶이란 무엇인지, 우리는 그 속에서 어떤 마음과 태도를 가지고 존재해야 하는

지, 이 사회가 가지고 있는 문제와 해답 등의 담론들을 글의 심층에 부지런히 심어 놓았다. 무릎을 탁 치며 읽다가도 글의 속내를 발견하면 어쩐지 숙연해지기까지 하게 만든다.

'살림'의 뜻은 '한집안을 이루어 살아가는 일'이다. 이 글은 분명 저자의 그런 좌충우돌 살림에서 우러나온 것이 분명하나 읽는 사람들을 살아나게 하는 '살림'을 가능케 하는 위력이 있다. 읽고 나면 공기가 아름다운 숲속에서 기분 좋게 산책을 하며 살아난 기분이 든다.

각자의 자리에서 최선을 다하며 존재하는 모든 사람에게 기쁘게 추천하지 않을 이유가 전혀 없다고 생각하며, 꼭 읽어 보시란 말을 하고 싶다.

김정주 작가

차례

5. 어쩌면 그건 사랑

결혼한 지 1년이 조금 지났을 무렵, 난임 병원에 내 발로 갔다. 5성급 호텔 같은 상담실에서 상담 직원은 이렇게 빨리 온 분은 처음이라며 환영한다고 했다. 결혼 6개월 차 정도엔 임산부가 되어야 완벽하다고 믿었던 나는 좀 늦은 감이 있는데도 말이다.

누구도 그렇게 해야 한다고 내게 강요하지 않았다. 그저 완벽한 현모양처로 나를 설명하려고 했다. 현모양처가 되려면 일단 아이를 빨리 가져야 했고 동시에 살림도 잘해야 했다. 지금 보면 나 혼자 환상의 유니콘을 만들어 놓고 그걸 잡아야 한다고 동동거린 것 같다.

살림을 못한다. 살림 유튜버들처럼 영상을 찍으려 해도 널브러진 물건들 때문에 영상미 근처에도 못 간다. 오첩반상을 차려본 적이 언제인지 모르겠고 거실 바닥 걸레질 역시 언제 했는지 기억나지 않는다. 등교하는 아이들의 아침상을 들쑥날쑥하게 차리고 내가 먹는 끼니 역시 들쭉날쭉하다.

살림을 잘한다. 물건들을 대충 옆으로 밀어 두고 찍는 사진 들을 본 업체에서 생활용품 리뷰 제안이 온다. 배달 음식을 거 의 안 먹고 매 끼니 집밥으로 먹는다. 샤워실 바닥에 락스 휴지 를 깔아 두는 부지런함 덕에 화장실 줄눈이 극강 흰색으로 변모 한다.

핀터레스트의, 오늘의 집의 살림 잘하는 사람들의 사진을 넋 놓고 보며 감탄한다. 감탄만 한다. 부럽지도 않고 따라 하고 싶다 는 마음은 더욱더 없다. 잘 가꾼 남의 집 정원을 구경하듯 그저 기쁘게 감상한다. 그러니 살림 20년이 넘어가는데 당최 늘지 않 는다.

살림을 못하고 잘한다. 영상이나 사진으로 남기지 못하니 살 림을 못한다. 4인 가족이 일상을 꾸려가는 데 문제가 없으니 살 림을 잘한다. 살림은 잘하려고 하면 쉬지 않고 계속할 수 있다. 대신 그 극단적 노동에 대한 대가는 없고 세팅해 놓은 정갈함이 깨지는 것은 찰나다. 물론 세상엔 사람이 많으니까 누군가는 늘 호텔 같은 집을 유지하겠지. 내가 그 '누군가'가 아닐 뿐이다.

끊임없이 반복되는 살림을 흔히 시시포스의 저주라고 말하기 도 한다. 한동안 이 말에 꽂혀서 모든 살림 영역에서 최선을 다

해 투덜댔다. 그러다 알베르 카뮈의 시시포스 신화 한 부분을 읽고 마음을 고쳐먹었다. "우리는 행복한 시시포스를 마음속에 그려보지 않으면 안 된다."

전체 맥락에서는 그 '행복'이 보편적인 행복은 아니었지만 다른 거 다 버려두고 저 문장 하나만 가져오기로 했다. 그러면서 내게 가능한 행복의 범위를 찾았다. 그러니 적어도 내게는 완벽한 살림이 됐다.

1부, 〈세대 차이를 넘는 살림들〉은 살림을 통해 나의 엄마와 할머니를 다시 기억하는 이야기다. 못하는 살림에 스트레스받지 않고 오히려 잘한다고 떵떵거린 자신감은 그들이 내게 주었던 다정한 시선의 힘이다. 그들이 내게 남긴 따뜻한 냄새를 쿵쿵거리며 살림 노동자의 위안을 받는다. 나를 만든 사람들에 대해 좀 더 정교하게 이해할 여유가 생긴다.

2부, 〈내 마음이 제일 중요했다〉는 나의 호흡을 녹이는 살림 이야기다. 살림살이들이 내게 전하는 이야기를 받아 적으면서 마음 다스리는 법을 배웠다. 마음을 다스릴 수 있다면 이 또한 살림을 못하지만 잘하는 이야기가 될 거 같았다. '살림을 잘한다.'의 허들을 기존 방식으로는 넘지 못했지만 내 식으로 넘은 후에 보이는 풍경에 대해 쓴다.

3부, 〈아니어도 괜찮아〉는 남들은 잘하는데 나만 못하는 살림의 이야기다. 그렇게 못해도 괜찮다고, 못하는 그 와중에서도 배울 점이 있다면 잘하는 살림이라고 나를, 나 같은 누군가를 치켜세운다. 도돌이표 같은 살림에 질리다가도 변화 없는 살림에 안정감을 느끼기도 하는 이중적인 마음이다.

4부, 〈일단 먹고 합시다〉는 말 그대로 먹는 이야기다. 살림은 여러 가지가 있지만 그중에서도 먹는 일이 단연 우위다. 청소와 빨래를 며칠씩 미룰 수는 있어도 먹는 걸 며칠씩 미룰 수는 없지 않은가. 먹는 일에 담긴 작은 이야기들을 모았다.

5부, 〈어쩌면 그건 사랑〉은 살림으로 시작해서 사랑으로 끝나는 이야기다. 잘하든 못하든 살림은 어쨌든 사람을 위해서 한다. 그러니 그 안에 사랑도 필요하다. 사랑 없이 이 기나긴 살림을 계속하는 건 너무 가혹하기에 사랑 감각을 뒤집어 쓴 살림 노동자의 고백을 모았다.

살림하는 모든 사람이 자기만의 방식으로 살림을 잘했으면 좋겠다. 그의 잘함이 남의 못함이 되더라도 상관없었으면 좋겠다. 삶의 모습이 각자 다르니 살림의 모습도 다른 게 당연하다. 너무 당연한 일을 우린 오랫동안 잊고 있었다. 박경리 작가는 『확신』이라는 시에서 '진정 옳았다면 진작부터 세상은 낙원이 되었을 것이 아닌가.'라면서 '옳다는 확신이 죽음을 부르고 있다.'라고 썼다. 이어 '나치의 가스실이 그랬고, 스탈린의 숙청이 그랬고, 중동의 불꽃이 모두 다 옳다는 확신 때문에 타고 있는 것이다.'라고 말했다.

살림이 완벽하지 않다고 가스실에 끌려가고 중동의 불꽃이 타오르진 않는다. 그러나 완벽한 누군가가 불완벽한 누구를 정죄할 때 상대의 마음은 가스실과 불꽃에 갇힐 수도 있다.

이 책을 펼친 당신이 기존 방식대로 살림을 잘하는 '누군가'라면 당신에 비해 나의 살림은 엉망진창일 거라 확신한다. 그러니 이쯤에서 책을 조용히 덮어 주시기를 바란다. 대신 이 책을 든 당신이 발바닥에 붙는 뭔가를 반대쪽 종아리에 툭툭 털며 집 안을 걸어야 하는 사람이라면 나는 당신에게 무한한 동질감을 느끼겠다.

잔소리처럼 길게 늘어뜨린 말들을 한 컷으로 재치 있게 정리해 준 오징어마요 영은 님께 감사드린다. 셋째와 24시간 붙어 지내면서 어찌 그리 마감 날짜를 칼 같이 지키는지, 저절로 고개가 숙여졌다. 내가 당신을 알게 되다니, 내게 남은 대운을 영은 님을 만나는 데 썼다고 믿을 수밖에 없네요.

하고 싶은 말이 쌓이긴 했는데 이게 과연 책으로의 가치가 있을지 고민하는 시간이 있었다. 그때 너무 감사하게도 협성문화재

단이 손을 내밀었다. 기회를 주고 멘토링까지 해 준 재단에 감사
드린다. 물론 나무에 끼칠 빚은 여전히 있다. 누군가가 이 책을
읽고 '못해도 잘한다.'의 마음을 가질 수 있다면, 그래서 좀 더 자
유로워질 수 있다면 나무도 이해해 주리라 믿는다.

1
세대 차이를 넘는 살림들

우리집 냉장고는 말을 한다

식구들이 다 잠든 밤, 옅은 진동을 탄 낯선 소리가 들린다. 도대체 시공을 어떻게 했길래 다른 집의 괴이한 소리 진동이 벽을 타고 오는 거냐고 구시렁거리며 거실로 나왔다. 시공사 잘못이 아니었다. 열네 살 먹은 우리집 냉장고가 하는 말이었다.

"이이우웅퐈꽐꺼롸... 쿠오오와꾸워어으라왁..."

풋, 어이없는 웃음이 나왔다. 어르신, 저도 좀 도와드리고 싶은데 방법이 없대요.

작년에 냉장고 AS 기사님이 오신 적이 있다. 더 이상 방법이 없다고 했다. 컴프레셔를 바꾸면 조용해지긴 할 텐데 2008년생 냉장고한테 굳이 그럴 일까지는 아니라고 하셨다. 기사님이 가신 후 거짓말처럼 다시 조용해졌다. 이유는 모르겠지만 그저 감사한 마음으로 지냈다. 그러다 그날 밤부터 다시 시끄러워졌다. 작년에는 그저 진동음이 좀 센 수준이라면 지금은 무슨 긴 유언을 남기는 것처럼 문장과 문단을 만드는 것 같다.

아니다. 유언이라고 하기엔 냉장, 냉동 기능이 젊은이 못지않게 발랄하다. 기능으로는 청춘이다. 다양한 유언을 내뱉으실 때는 마음의 준비, 아니 통장 준비를 하다가도 돌덩이가 된 아이스크림을 꺼낼 때면 아직은 때가 아니구나 싶다. 그래도 이렇게 늦은 밤에 굳이 사람을 거실로 불러낼 때면 기능이고 뭐고 확 바꿔 버리고 싶어진다. 잠깐, 그 확 바꿔 버리고 싶은 게 다름 아닌 나라면?

조선시대는 자식이 부모 뜻을 거스르면 하늘이 무너지는 줄 알았지만 지금은 아니다. 내가 아직 쌩쌩하다는 이유로 아이에게 "이이우웅퐈꽐꺼라."를 늘어놓으면 어떻게 될지 뻔하다. 지금이야 듣겠지만 내 기능이 쇠하면, 아이가 내 기능이 필요 없을 만큼 자라 버리면 뒤도 안 돌아보고 떠나 버릴 것이다. 냉장고처럼 아예 교체할 수는 없으니 본인이 관계를 끊어 버릴지도 모른다.

모든 관계는 유기적이다. 존중받지 못함을 느끼면서 계속되는 관계는 없다. 새벽녘 예고 없이 치고 들어오는 냉장고의 꿍얼거림에 화들짝 놀라다가도 내가 누군가에게 이렇게 예고 없이 치고 들어가서 그를 놀라게 하지 않았는지 생각한다. 방학이라 더 그럴지도 모르겠다. 한없이 늘어지는 애들에게 한 번씩 "쿠오오 왁꾸워어으라왁!"을 해 버리니 말이다.

우리집 냉장고는 말을 한다. 네가 아직 쌩쌩하다고 해서 아무 말이나 내뱉지 말라고. 상대방이 네 말에 동의해서 가만히 있는 게 아닐 수도 있다고. 너의 쓸모가 쇠하면 너의 관계도 쇠할지 모른다고.

가전만 세대 차이를 가르치는 건 아니었다. 식탁이 메타버스로 변신해서 또 가르침을 준다.

메타버스가 별 건가

가수 이적의 어머니 박혜란 선생님은 그의 책에서 '정리 안 된 집은 아이의 창의성에도 좋다.'라는 식의 이야기를 하셨다. 그 집 삼 형제가 그 시절 대표 엄친아로 주변 또래를 꽤나 쪼았을 법한데 말이다. 하나도 아니고 셋이 엄친아인데 그 집 엄마가 저런 말을 하다니! 박혜란 선생님의 책은 저 문장으로 내게 경전이 되었다.

눈길 닿는 모든 곳이 심란했지만 눈길을 주지 않고 내 책만, 내 모니터만, 내 건반만 바라보며 아이 없는 시간을 맘껏 누렸다. 오전 8시 반부터 오후 2시까지 한마디도 안 하는데 한가득 마음이 채워지는 기분, 그 기분을 더 진하게 누리기 위해 모든 집안일은 뒤로 미뤘다. 끼니보다 혼자를 먼저 챙겼어도 배고프지 않았다.

미뤘어도 살림들은 말을 건다. 그릇은 설거지통에서 "나 여기 있어." 했다. 책갈피를 떨어뜨려서 주우려고 하면 소파 끝에서 뭉쳐진 먼지들이 "오랜만이지?" 한다. 그들의 소리가 들려도 '닥치거라!'를 외치는 패기, 그 패기의 근원은 박혜란 선생님이었다.

코로나 락다운이 시작됐다. 읽고 쓰고 건반을 치는 일도 락다운 됐다. 더 많은 사람이 더 오래 집에 있으니 집은 더 어질러졌다. 이럴 줄 알았지만 이 정도일 줄 몰랐던 꼼꼼한 어질러짐, 그래도 나의 경전이 괜찮다고 했으니 안 괜찮은 거 알면서 그냥 삭혔다.

식탁은 애들 책, 내 책, 마스크, 가방, 수건, 양념통, 연필 등등 하나의 카테고리로 못 묶을 애매한 뭔가들의 집합소였다. 그들은 딱히 말을 하지 않지만 그들끼리의 웅성거림은 내 집중력을 절구 속 마늘처럼 짓이겨 빻아 버렸다. 그랬어도 계속 박혜란 선생님의 말만 붙잡고 있었다.

밥을 먹을 때는 뭔가들을 옆으로 밀어냈다. 식사 시간이 끝나면 다시 뭔가들이 점령했다. 옆으로 밀어낼 때만 잠깐 조용한 뭔가들은 식탁을 점령할 때마다 들리지 않는 수다로 내 귀를 어지럽혔다. 모든 물건은 에너지가 있다는 말을 그들 때문에 이해할 수 있었다. 이해는 했지만 그들의 수다를 그저 삭히다 보니 한계가 왔다. 삭힘이 울화가 되어 폭발하기 직전, 홀린 듯 식탁을 치웠다.

먼지 한 톨 허락하지 않게 식탁을 치웠다. 환해진 식탁이 그 환함으로 이번에는 다른 말을 했다. '나는 여기 있지만 여기 있지 않아. 나와 있을래?' 식탁의 목소리는 향기로운 빵처럼 부풀어 올라 주방을 가득 채웠다. 그 향기에 취해 메타버스에 노트북을 탑재했다. 끌려가듯 자판을 두드렸고 금방 A4지 한 면이 채워졌다. 나도 여기 있지만 여기 아닌 거 같았다.

박혜란 선생님의 집이 어질러져 있어도, 애 셋이 들고 날뛰어도, 본인이 원하는 작업을 하셨던 건 그분의 내공이었던 거다. 아이들의 수다에는 아무렇지 않은 척하다가 물건이 함께 조잘대면 매우 아무래져 버리는 나는 박혜란 선생님의 내공을 따를 수 없었다.

사람 입을 막을 수는 없으니 물건 입을 막아야 했다. 그렇다고 다 막을 필요는 없고 식탁 위 조잘거림만 막으면 됐다. 식탁이 깨끗하면 그곳이 내 메타버스가 되어 내 집중력을 견인했다. 어떤 대화는 오랜 시간 잊고 지낸 사실을 일깨우기도 한다. 일깨운 감정은 한 번도 가 보지 못한 낯선 세계로 인도하기도 한다. 내게 식탁의 제안이 딱 그랬다.

보이는 정리는 안 보이는 정리의 시작이었다. 아침저녁으로 식탁을 닦으면서 마음이 같이 닦이는 마법, 설사 어설픈 열정이라고 해도 거기 숨은 마음을 놓지 말아야겠다는 생각을 했다. 입에 담기에도 촌스러운 진정성 같은 거 말이다. 식탁을 닦는 숨은 마음은 진정성이었다. 이 하루를 이렇게 맑게 보내겠다는 다짐을 시각화하는, 답 없는 하소연을 그치겠다는 다짐. 식탁력은 나도 모르는 내 진정성을 찾아 줬다.

식탁을 싹싹 닦은 행주를 탁탁 털어 창가에 걸쳐 놓으니 햇빛이 쨍하게 훑는다. 행복이 명사가 아니라 동사라는 말을 아주 조금 이해하는 날이었다.

그래서였을까. 메타버스가 동사의 최대치로 거실 한가운데에 있었다.

승리주스를 마시는 날

"집에서 운동할 수 있어."라면서 닌텐도 링피트를 샀다. 아이들과 반려인의 합작품이었다. "집에서 하는 운동은 유튜브에 오억 개 있는데 왜?" 같은 내 질문은 그들에게 닿지 않았다. 비싼 쓰레기가 또 하나 늘었구나 싶었는데 의외로 아이들이 쉰내 날 정도로 땀 흘리며 링피트를 했다.

알아서 잘 놀아 주니 고맙긴 했지만 내게 링피트는 매우 소음이었다. "괴물을 물리치기 위해 스쿼트 자세로 링을 30초 동안 조이고 있어야 해!" 식의 이야기, 운동을 독려하는 목적으로 나오는 말들이지만 내게는 그저 비싸고 시끄럽기까지 한 쓰레기였다.

굳이 저렇게까지 할 일인가 싶은데 굳이 그럴 일이었다. 누구도 짐작 못한 방법으로 멈춘 코로나 일상에서 아이들을 위로하는 건 놀랍게도 그런 유치한 이야기여서 더 그랬다. 링피트에 맞춰 누워서 다리 들어올리기를 하느라 얼굴이 벌개진 둘째가 말했다.

"엄마, 드래고(링피트의 괴물 중 하나)가 코로나였으면 좋겠어. 내가 다 없앨 수 있으니까!"

당시 둘째는 초등학교 1학년이었다. 늦봄 바람이 창을 넘어와 아이의 머리카락을 자꾸 흐트러뜨리는 것조차 아이는 재미있어하며 드래고를 물리치고 있었다. 누나를 보며 초등학생의 꿈을 키우던 아이에게 초등학교는 가 보지 않아서 더 그리운 곳이 되어 버렸다. 그 와중에 아이는 링피트와 함께 스스로를 끌어올려 제 몫의 희망을 챙긴다는 것을 나는 뒤늦게 알았다.

격리가 길어지니 평소에 좋아하지도 않던 여행이 나도 그리워졌다. 그럴 때마다 여행 에세이들을 약처럼 복용했다. 과복용으로 부작용이 난 날은 하염없이 집 앞 산책로를 뛰었다. 내가 나가 있을 동안 링피트는 아이들의 보모가 되어 아이들의 운동을 보충했다. 나의 운동은 비장했고 아이들의 운동은 산뜻했다.

비싼 쓰레기가 완벽함도 될 수 있었다. 나 혼자였으면 검색조차 해 보지 않았을 닌텐도 링피트, 이 작은 이벤트가 갇힌 시간을 풀어 나갈 작은 해답을 준다. 락다운이라는 난생 처음 겪는 전지구적 태클에 삶이 묶여 버려 폭발해 버릴 것 같을 때 링피트가 묶인 한 쪽을 헐겁게 풀어줬다.

비가 와서 뚝방길에 못 나갔던 날, 아이들이 만들어 놓은 내 캐릭터로 전장에 섰다. 아이들의 응원을 담뿍 받아 드래고를 물리치고 승리주스를 마셨다. 세찬 빗소리만큼 아이들의 응원도 힘차게 흘렀다. 격리의 하루가 역동적일 수도 있었다.

알고보니 내게만 역동적이었다. 아이들의 메타버스 세계는 내가 아는 것 이상이었으니까.

2010년생이 싸이를 할 때

전 국민 씨족사회화 및 서퍼화를 이끌던 싸이월드를 기억하시는지. 가족도 친구도 아닌데 1촌이면 그의 거친 생각과 눈빛까지 짐작할 수 있던, 손발가락이 반의반으로 쪼그라드는 마법이 횡행하던 그곳이 싸이월드다. 얼마 전에 싸이월드가 복구되어 20년 전 사진이 우르르 쏟아져 나오기도 했다. 현재 중년들 중 싸이월드의 손발가락 실종 버전에서 자유로운 사람이 있을까.

어느 저녁, 2009년생, 10년생, 12년생의 술래잡기가 모니터 앞에서 시작됐다. 도스 시절 페르시아 왕자 이후로 게임을 해보지 않은 나는 모니터 앞에서 무슨 술래잡기야… 하고 있었다. 그러다 노트북이 없어서 놀이를 함께 못하는 2013년생 막내의 눈물을 봐 버리고 말았다. 차라리 울고불고 떼를 쓰면 '노트북이 새우깡 사듯 막 사는 물건인 줄 알아!' 했을 테다. 말 없이 뚝 떨어지는 눈물은 나의 입에 족쇄를 채웠다.

물약 마신 페르시아 왕자처럼 등에서 불을 뿜으며 마트로 날아갔다. 새우깡 한 봉지 결제하듯 노트북을 결제했다. 싸이월드 도토리를 10개 충전할지 15개 충전할지 반나절 고민했던 내가 무색하게 80만 개 충전을 15분 만에 끝냈다.

막내는 퉁퉁 부은 눈으로, 입꼬리를 한껏 올리며 랜선 술래 잡기에 합류했다. 네 명의 초등학생이 무슨 올림픽 결승전 응원 하듯이 흥분해서 술래잡기를 시작했다. 그제야 나는 정신이 들었다. 오늘의 신속함을 어찌 수습할 것인가. 다음 달 카드 청구서 노랫소리가 들린다. "머리에 꽃을 달고 미친 척 춤을, 야이야이야이야이야!"(자우림, 일탈 후렴구)

황망하게 노트북을 바라보고 있는데 건너편에 보이는 3만 원짜리 샌드위치 메이커가 쿡쿡댄다. "너 나 산다고 후기 100개 읽어 보던 여자 아냐? 그 여자 어디 가고 80만 원짜리를 한 번에?"

그러게나 말이다. 3만 원짜리도 손 떨며 사던 그 여자 어디 가고 80만 원짜리를 결제했을까.

내가 싸이월드에서 도토리를 모았다면 아이들은 마인크래프트에서 흑요석을 모은다. 로블록스와 마인크래프트는 2010년생 버전 싸이월드였다. 싸이월드는 기껏해야 내 방을 꾸미는 게 전부였다. 아이들은 스케일도 크게 성을 짓고 마을을 만든다. 그러다 지루하면 게임 판 자체를 다시 제작한다. 콘텐츠 생산자가 되어야 한다고 떠밀리는 어른들에 비해 아이들은 놀면서 콘텐츠를 만들고 있었다.

아이들의 게임을 반대하는 학자들은 아이의 세상을 폰 화면에, 15인치 모니터에 가두지 말라며 현실 활동을 강조했다. 현실 놀이터는 소음방지라며 저녁 7시만 돼도 바리케이드를 친다. 놀이터가 열린들, 우레탄으로 덮인 아파트 놀이터에서 흑요석을 상상할 아이가 있을까.

머리에 꽃을 달고 미친 척 춤을 부르는 다음 달 카드값 입을 내가 막기로 했다. 저렇게 잘 노는데 카드 님이 좀 참아 주십쇼. 제가 넉 달 동안 쇼핑 안 하면 좀 나아지시겠습니까... 하며 장바구니 몇 개를 비웠다.

초등학생의 노트북 속 평행우주를 이해해 보려 노력 중이다. 어른들의 싸이월드가 아이들의 로블록스와 마인크래프트로 돌아온다. 아이들은 머리 굳은 엄마를 메타버스로도 가르치고 삶의 자세로도 가르친다.

하이라이트를 닮은 아이들이라 더 그럴지도 모르겠다.

연탄재가 진화하면 하이라이트가 된다

어떤 시인은 남에게 한 번이라도 뜨거운 사람인 적이 없었다
면 연탄재도 발로 차지 말라고 말했다. 그렇다면 연탄재가 더 뜨
거울까, 사용 직후 하이라이트가 더 뜨거울까.

답은 몰라도 이 시에는 여전히 짧고 강하게 압도된다. 연탄재
를 실물로 보지 못한 내 아이들도 압도될까? 아이들에게는 '꺼진
하이라이트 무시하지 마라. / 너의 잔열이 그리 오래 뜨거운 적
이 있었느냐.'가 더 와닿을지 모르겠다.

하이라이트의 잔열은 꽤 오래간다. 잔열 경고등이 꺼지지 않
았는데 무심코 닦다가 불에 덴 듯, 아니 불에 데어 놀란다. 잔열
인데도 짱짱하게 뜨겁다.

내 아이들은 학교를 많이 좋아했다. 학교가 끝나는 걸 아쉬
워했고 학교가 끝나고 집에 와서도 학교에서의 일들을 말하느라
흥이 가라앉지 않았다. 학교를 별로 안 좋아했던 내게 아이의 행
복함은 생소한 아름다움이었다. 그 이야기들을 나는 조금 지겨
워하고 많이 귀여워하며 열심히 들었다. 하이라이트의 잔열만큼

오랫동안 뜨거운 이야기였다.

좋아하는 학교가 셧다운되고 비대면 수업이 시작됐다. 아이들은 쉬는 시간마다 학교 가고 싶어 노래를 불렀다. 단순하고 확실한 문장의 노래였다. 노래를 들으며, 급식의 위대함을 묵상하며 하이라이트 앞의 나는 떡볶이를, 팬케이크를 만들어 댔다.

아이들이 학교에 가지 않으면서 나는 지금 하고 싶지 않은 일을 지금 꼭 해야 하는 게 일상이 되어 버렸다. 별일 없이 사는 것처럼 보이는 모든 순간이 내게는 모두 별일이라 수시로 돌아버릴 거 같았다.

아이들의 학교 사랑 노래는 식지 않았다. 하이라이트 잔열등이 당최 꺼질 줄 모르는 격이었다. 나는 어떤 일이 끝난 후에 이렇게 오랫동안 식지 않은 적이 있던가. 집에 혼자 있을 때 책을 읽고 글을 쓰고 커피를 마시며 혼자 행복했던 시간들은 분명 있었지만 그 행복의 잔열은 없었다. 아이들이 오면 바로 분주해져서 그랬다. 끊임없이 불러대는 엄마 소리에 쿠크다스 부서지듯 집중이 깨졌으니 또 그랬다. 나 혼자 있는 시간을 코로나가 다 잡아먹으면서 마음 벽에는 불만 곰팡이가 퍼렇게 피어났다.

아이들이라고 불만이 없었을까. 스물다섯 명이 깔깔거리는 교실을 떠나 15인치 노트북 화면에 코를 박는 게 뭐가 좋을까. 그래도 아이들에게는 오프라인 학교에서의 즐거운 경험이 잔열로 오래 남아 있었다. 아이들의 잔열은 곰팡이가 필 틈을 주지 않았다.

따지고 보면 아이들이 잠든 후에 책을 읽고 글을 쓰는 시간은 코로나에 상관없이 계속 있었다. 그때의 행복감을 하이라이트 잔열처럼 오래 가져가면 될 일이었다. 그런데 나는 내가 잃어버렸다고 느낀 오전 시간 하나만 억울해하며 언제 받을까 싶어 빚쟁이처럼 노려보고 있었다.

일상은 변한다. 내가 원하는 모습의 일상만 있을 수도 없다. 그러니 나의 의무는 지금 이곳을 괜찮은 일상으로 만드는 것이다. 아이들의 학교 가고 싶어 노래에 얼쑤절쑤 해 주느라 잘 내려진 커피가 다 식는 걸 봐야 하고, 한 시간 수업하는 태권도장에 기대하다가 너무 금방 와서 곧바로 실망해야 한다. 그러나 아이들이 잠든 밤에 읽고 쓰면서 느낀 행복감의 잔열을 오래 유지해서 이 일상마저도 괜찮게 만드는 것, 이 잔열로 남아 있는 곰팡이를 없애 버리는 것, 그게 내 일상에 대한 예의였다.

코로나가 끝난다고 모든 것이 해결될까. 분명 새로운 버전의 문제가 또 생기겠지. 상상 못 할 문제를 막을 방도는 없으니 나의 행복 잔열을 오래 간직하는 것만이 방도가 될 것이다. 너의 잔열이 그렇게 뜨거운 적이 있었느냐... 는 연탄재를 모르는 아이들에게 들려줄 말이 아니다. 내가 기억해야 할 말이었다.

기억해야 할 말은 왜 이리 많은지, 드라이어기를 쓰다가도 기억할 말이 있었다.

나는 빈약해지고 아이는 풍성해졌다

큰맘 먹고 몇 시간 검색을 한다. 몇 개 스크랩을 한다. 조심스럽게 내민다. 그들이 하는 대답은 똑같다.

"손님, 이건 드라이입니다. 펌으로 나올 머리가 아닙니다"

드라이어는 정말 나와 가까워질 수 없는 것인가.

헤어드라이어를 어학사전에서 찾으면 '젖은 머리를 말리는 기구. 찬 바람이나 더운 바람이 나오며 머리 모양을 내는 데도 쓴다.'라고 나온다. 이 말은 즉, 드라이어는 머리 말리는 데만 쓰는 게 아니라 그만큼 머리 모양을 내는 기능도 중요하다는 뜻이다.

내가 의도한 머리 모양과 내 손끝에서 나오는 머리 모양은 늘 달랐다. 대충 말려 질끈 묶었다. 묶는 것도 드라이어로 사전 작업을 한 스타일스러운 '포니테일'이 있다지만 내가 하는 건 정말 '질끈'이었다. 드라이어가 내 손에서 제 기능을 하는 날이 없었다. 기능을 못해도 질끈 묶는 끈이 수시로 끊어질 만큼 머리숱이 넘쳐서 본의 아니게 스타일스러운 날도 있었다. 물론 이제 전생의 기억이다.

큰아이는 여섯 살까지 새끼손톱만 한 고무줄로 머리를 묶을 만큼 숱이 적었다. 일곱 살을 기점으로 갑자기 제곱으로 숱이 늘어나기 시작했다. 나의 숱이 딸에게 옮겨간 걸까. 나는 빈약해지고 아이는 풍성해졌다. 덩달아 드라이어가 바빠졌다. 아이의 넘치게 불어나는 머리숱을 자연 건조했다가는 바로 쉰내가 났기에 아이에게도 드라이어를 들어서 그랬다. 아이 머리를 말리면서 35년 전 할머니가 내 머리를 말리면서 했던 소리를 어느새 나도 똑같이 하고 있었다.

어릴 적 할머니는 내 머리를 말리고 빗겨주면서 "하이고, 이 묵직한 거 봐. 이쁜 우리 강아지."라는 말을 자주 했다. 할머니가 왜 그랬는지 이제야 알겠다. 아이 머리를 빗길 때 느껴지는 무거운 질감은 파릇파릇한 아이 특유의 생명력을 부르는 다른 이름이다. 나의 감탄은 아이가 틀어 놓은 유튜브 커버송 어디엔가 묻힌다. 나도 그랬다. 할머니가 드라이어로 머리를 말려줄 때 텔레비전이나 라디오의 볼륨을 드라이어 소리보다 더 높였었다.

그러고 보면 사람의 일생은 일정한 주기를 바탕으로 반복된다. 반복의 주체는 30년쯤 지나 '이게 그거구나'를 알아챈다. 조금 일찍 알았으면 그 앞선 반복의 자리에 있던 사람을 한 번 더 끌어안아 줬을 텐데 싶다. 할머니를 안을 수 없으니 대신 아이를 꼭 안아 본다. 머리 말리다 말고 왜? 의 질문이 동그란 눈에서 쏟아진다. 할머니가 없어서, 라고 말할 수 없으니 그냥 뽀뽀를 해 버린다.

틈만 나면 가출하려는 내 머리카락을 드라이어의 미지근한 바람으로 살살 달랜다. 드라이어로 스타일은 만들 수 없어도 젖은 두피를 잘 말리는 건 이제부터 꼭 하려고 한다. 그래 봤자 나는 더 빈약해지겠지만 마음까지 빈약해지진 말라고 드라이어가 말하는 거 같았다. 어쩌면 할머니가 뒤늦게 전하는 지혜일지도 모른다는 생각도 했다. 드라이어의 잔소리를 듣는 느슨한 방학 아침이 흐르고 있었다.

구명보트가 구명이 안 될 때

"윤봉이(둘째 태명) 출산 선물로 에르메스 가방 사 줄까?"

샤넬까지 밖에 모르던 사람이 어디서 들었나 보다. 자신감 뿜뿜하는 눈빛이란. 저기요, 그거 얼마인지는 아시나요. 돈이 있다고 사는 것도 아니고 그동안 구매 이력이 있어야 산다는 것도 아시나요, 라는 말은 하지 않고 그냥 웃었다. 가방을 사기 위해 그 전에 스카프, 액세서리를 사 모아야 한다는 걸 당신이 이해할 수 있을까.

몇백, 몇천 하는 가방을 가져 본 적이 없다. 개념녀, 된장녀까지는 잘 모르겠다. 다만 그 돈을 쓰면 내가 가방을 모셔야 할 것 같았다. 육아 환상 따위 없는 둘째 출산모는 내가 모실 뭔가가 아니라 나를 모셔줄 뭔가가 필요했다. 승룡이(로봇청소기 안내 음성을 배우 류승룡이 녹음했다)는 10년 전에 그렇게 우리 집에 왔다.

승룡이는 청소에서 나를 구원할 구명보트라고 생각했다. 큰 착각이었다. 알아서 움직이니 보트까지는 어떻게 붙일 수는 있겠으나 더 중요한 구명, 그러니까 생명을 구하기엔 본인 생명 간수가 너무 급하셨다. 바닥에서 애들 장난감이나 핸드폰 줄이라도 만나는 날엔 숭룡이는 항상 컥컥거리며 살려 달라며 나를 불렀다.

그의 구조요청을 듣지 않으려면 바닥에 어떤 물건도 있으면 안 된다는 걸 뒤늦게 알았다. 유아 두 명이 24시간 집에 있는데 바닥에 물건이 없는 게 가당키나 한 일일까. 숭룡이를 돌리려면 내가 먼저 부지런히 바닥을 치워야 했다. 누굴 위한 구명보트인지 저절로 묵상이 됐다.

길석 님(친정 엄마)의 "물건을 들이는 순간 다 내 일거리야."라는 말이 떠올랐다. 숭룡이가 돌아다닐 동안 난 다른 일을 할 수 있었지만 그의 SOS에 응답해야 했고 끝나면 먼지 통을 청소해야 했다. 반면 길석 님은 빗자루로 쓱쓱 쓸어서 버리면 끝이다. 전체 시간을 따졌을 때 과연 누가 이득인지 계산하기 싫다.

그랬어도 수명을 다해가는 숭룡이를 두고 볼 수는 없었기에 몇 년 전, 모터와 배터리를 갈아 드렸다. 그랬더니 혼자 회춘해서서 아주 쌩쌩해졌다. 어쩌다가 이어폰 줄이 말려들어 가는 날엔 힘이 좋아서 더 쫀쫀하게 감겨있다. 이어폰 줄을 풀고 있으면 한쪽에서 길석 님 빗자루가 메아리를 만든다. "구명보트는 없어 없어 없어 없..."

판매의 고수는 제품을 파는 게 아니라 문제를 먼저 판다. 너는 이게 문제잖아? 를 세뇌시킨 후 문제 해결을 위해 이게 필요해! 라고 들이미는 식이다. 승룡이가 구명보트일 거란 생각도 어쩌면 내 계산이 아닌 미디어의 주입일지도 모른다. 길석 님은 그간의 내공으로 주입에도 흔들리지 않았겠지.

에르메스보다 승룡이가 낫다. 승룡이보다 빗자루가 나을지도 모른다. 그럼 빗자루가 베스트일까. 침대 밑에서 갈 길을 잃고 울부짖는 승룡이를 효자손으로 끌어내며 반갑지 않은 순위를 매겨 본다.

길석 님의 가르침은 비단 로봇 청소기 하나로 끝나지 않았다. 전생 같은 화장실 세면대가 있었다.

엄마와 같이 살면 70프로가 모른다

25년 전, 자취 한 달쯤 됐을까. 나는 너무 억울해서 길석 님에게 전화했다.

"엄마, 이 집주인 진짜 못됐어. 얼마나 후진 걸로 시공을 했길래 화장실 세면대가 더러워져?"

맞장구를 해 줄 거라 믿었던 엄마가 조용하다. 30분 같은 3초 후 엄마가 입을 열었다.

"너 그동안 세면대를 한 번도 안 닦았지?"
"어! 매일 씻는데 뭘 닦아. 시공을 얼마나 개떡같이 했으면..."

"그게 시공 문제냐. 네가 안 닦은 거지!"
길석 님의 말을 나는 이해할 수 없었다.
"맨날 씻는데 뭘 닦아! 우리 집은 맨날 깨끗하잖아!"

"내가 맨날 닦으니까 깨끗하지. 이런 헛똑똑이."
"엄마가 매일 닦아서 깨끗했다... 고...?"

자취 시절 하이힐 굽이 기억하는 많은 밤거리와 지하철 막차 바퀴에 실렸던 각양각색의 사연들은 이미 전생 같다. 다른 건 이제 기억도 안 나는데 전생 같은 그 시절의 통화가 한 번씩 재생된다.

길석 님은 20년 동안 워킹맘이었다. 이제 와서 보니 더블 워킹맘이었다. 회사와 집, 둘 다 길석 님의 일터였다. 아빠에게 집은 옷 갈아입고 씻고 자는, 공항 캡슐 호텔이었다. 집에 관련한 모든 건 길석 님의 영역이었다. 시어머니와 딸 둘을 길석 님은 그야말로 '모시고' 살았는데도 나는 모심을 당하는지조차 몰랐다.

내 살림이 시작됐을 때 내가 엉덩이를 바닥에서 떼지 않는 한 그 어떤 것도 돌아가지 않는다는 것에 기함했다. 트루먼 쇼처럼 "누가 나를 속이는 거야!"라고 우기고 싶었으나 그러기엔 너무 리얼이었다. 삿대질을 해야겠는데 누구에게 해야 할지 몰라서 또 억울해져 버렸다.

내가 이상하지 않다는 걸 알아야 했다. 누구랑 싸우기 위해서도 아니고 남들 다 하는데 왜 그래, 하는 명제에 묻히기도 싫어서다. 거대한 커튼이 둘러쳐진 듯한 이 느낌이 싫었다. 걷어내고 싶었다. 다행히 찾고 찾다 보니 나보다 먼저 이 커튼에 대해 고민했던 여자들이 보였다.

그들은 화장실 청소뿐 아니라 이른바 '살림'이라는 카테고리의 일들을 '그림자 노동'이라는 말로 치환해서 쓰고 있었다. 그림자서 실체가 없고 그림자라서 보수도 없다. 이 그림자를 밖에 나가서 하면 일종의 노동이 되긴 하는데 그림자의 뿌리가 있어서 다른 노동보다 하대 받는다는, 산업 혁명부터 면면히 내려오는 일종의 세뇌였다. 커튼을 치는 것처럼 간단한 일이 아니었다.

뿌리는 거대하고 나는 그 위의 애벌레 n번 정도, 없는 것은 아닌데 딱히 있다고 말하기 뭣한 존재다. 그런 미약한 존재가 할 수 있는 일이 있나 싶다가 길석 님과의 전생 통화가 떠올랐다. 적어도 내 아이들 20대에는 나 같은 헛소리를 하는 사람이 되면 안 되겠구나 싶은 마음이다.

집에서 뒹굴뒹굴하는 그 순간에도 책임져야 할 일들이 있다고. 치즈를 까먹었으면 껍질을 쓰레기통에 넣어야 하고 먹다가 흘렸으면 흘린 사람이 닦아야 한다는 것, 양치하다가 음식 찌꺼기가 세면대에 남았으면 물로 헹궈 놔야 한다는 것 등 너무 사소한데 쌓이면 너무 거대해지는 것들에 대해 말한다.

자꾸 말하는데 자꾸 지키지 않아서 결국 목소리를 높인다. 그래도 그다음 날 지치지 않고 또 말한다. 그럴싸한 결실이 맺어지는 일도 아니고 성적이 오르는 일도 아니지만 네 몸으로 누적

해야 하는 일이라고 말한다.

네 몸으로 누적해야 "시공이 후져서 더러워져." 같은 헛소리를 안 할 거라고 알려 주고 싶다. 물론 아이들이 듣기엔 뷁꿟홂뜳 같은 외계어겠지. 하고 싶은 말은 못하고 할 말만 계속한다. 어떤 식으로든 쌓일 거라고 믿는다.

엄마와 산다고 해서 100프로가 몰랐을 거 같지는 않다. 그래도 반 이상은 몰랐을 거 같아서 70프로라고 멋대로 결론을 냈다. 이다음 세대는 획기적으로 0에 수렴할 거라고 헛된 기대를 한다.

그림자 노동이 그림자를 벗고 그냥 노동이 되기를. 살림이 사람을 살린다면 말로만 살린다고 하지 않기를. 내 다음 세대는 그림자 노동 위에서 살아가는 사람들이 그림자를 진하게 인식하는 세대가 될 거라고 믿어 본다.

길석 님의 그림자 노동은 안 해도 되는 일까지 자처한 적도 있었다. 그 시절의 내겐 이해되지 않는 친절이었다. 나는 길석 님에게 괜한 짓을 한다며 투덜거렸다. 물론 지금의 나는 투덜거린 나를 매우 치며 어떻게든 배우고 싶은 마음이다. J의 밥상을 차려 주는 길석 님이 꼭 그랬다.

나도 좀
닦아줘

J 스치는 각목에

J와 나는 초등학교 동창이었다. 서로 다른 중학교, 고등학교
에 다닐 동안 아주 가끔 전화 통화만 했다. 고1이었던 어느 날,
학교 패싸움에서 J가 각목으로 애를 팼다가 강제 전학 통보를 받
았다고 했다. 뭐라 할 말이 없어서 그냥 듣고만 있었는데 J가 뜬
금없는 말을 했다.

"잘 들어줘서 고마워. 토요일 시간 돼? 자세한 얘긴 밥 먹으
면서 하자. 너네 동네로 갈게."

지금도 매우 자세하단다 친구야… 라는 말은 못하고 알았다
고 하며 끊었다. 만나도 무섭고 안 만나도 무서웠던 나는 길석
님에게 하소연했다. 길석 님은 한마디로 정리했다.

"집으로 와. 밥 해 줄게."

토요일 저녁, J가 왔다. 길석 님은 김치찌개와 갈치구이를 내
놨다. 어색한 분위기로 식탁에 셋이 둘러앉았다. 몇 숟갈 뜬 길
석 님이 J에게 말했다.

"네가 제일 중요해. 네 몸 안 다치게 해. 아프면 네 손해야."

길석 님은 두툼한 갈치 살을 J의 밥그릇에 올려 주며 말했다. 그는 말없이 갈치 살을 보다가 조용히 물었다.

"어… 제가… 왜 중요해요?"

길석 님은 갈치 옆구리 가시를 주르륵 빼며 대답했다.

"나는 내 딸이 중요해. 너는 내 딸 친구니까 중요하고. 아빠 때문에 속상한 건 알지만 그래도 네가 안 다치는 걸 먼저 생각해."

J의 엄마는 선천적 심장 이상으로 자주 입원했다. 그의 아빠는 아내가 입원해 있을 동안 아들에게 자신의 여자 친구를 소개하며 용돈을 받으라고 했다. 어느 날의 J는 그 자리를 박차고 나가 버렸고 그의 아빠는 그날 밤, 당구 큐대가 부러질 때까지 아들을 팼다. J가 학교 패싸움에 각목을 들고 끼어든 건 아빠에게 복수하기 전 테스트 용이라고 했다.

J 숟가락에 더 큰 갈치 살이 올라왔다. J는 밥 한가득 입에 넣고 우물거리며 길석 님에게 다시 물었다.

"왜 아줌마는 공부 열심히 해라, 말 잘 들어라, 그런 거 안 해요?"

길석 님은 평생 내게 공부해라, 말 잘 들어라 소릴 한 적이 없다. 공부는 누가 시켜서 하는 순간부터 안 하느니만 못하다 했다. 애가 어른 말 안 듣는 건 기원전부터 그랬으니 당연하다 했다. 길석 님은 본인 말로 공부할 거 같았으면 진작에 하지 않았겠냐며 J에게 밥이나 먹으라고 했다.

그는 이제 대놓고 낄낄거리며 아줌마 진짜 웃기다고 했다. 길석 님과 J의 대화는 한참 이어졌다. 주로 걔가 묻고 길석 님이 대답했다. 대화에 끼지 못한 나는 갈치 가시를 발라 양쪽 밥그릇에 놓고 식은 김치찌개를 데워 왔다.

밥을 다 먹고 잠깐 나갔다 온다는 그에게 길석 님은 담배꽁초 아무 데나 버리지 말라고 했다. J는 피식 웃으며 현관문을 열었다. 한참 후에 온 J는 가겠다는 인사를 했다. 길석 님은 내게 1층까지 내려가 인사하고 오라고 했다. 엘리베이터를 타자마자 그가 말했다.

"넌 엄마한테 별 얘기 다 하나 봐. 부럽다."

나는 고개를 숙인 채 애꿎은 슬리퍼 밑창만 꺾어 댔다. 그는 내 턱밑으로 전람회 1집 테이프를 쑥 내밀었다.

"나 실은 저녁 초대도, 내가 중요하다는 말을 들은 것도 처음

이야. 뭔가 선물을 사 와야 할 거 같았어."

담배 피우러 나간 애가 생각보다 오래 걸린다 싶었는데 그새 본인 오토바이를 몰고 근처 쇼핑몰까지 나갔다 온 거였다. 나는 쭈뼛거리며 테이프를 받았다. 아파트 정원의 나무들이 여름을 한껏 들이마셔 사방으로 나무 냄새를 뿜어내던 초여름, 그날이 J를 본 마지막 날이었다.

그때의 나는 길석 님이 J에게 괜한 소리를 한다고 생각했다. J가 나갔을 때 왜 쓸데없는 말을 하냐고 성질을 부렸다. 길석 님이 별다른 반응을 안 해서 싸움은 되지 않았다. 길석 님과 내가 별로 싸우지 않고 지낼 수 있던 것은 길석 님이 나와 손뼉을 마주치지 않아서 그랬다는 것도 뒤늦게 깨닫는다.

내 아이에게 화가 뻗칠 때면 덜 싸우고 싶은 마음에 나는 J의 전람회 1집으로 기어들어 갔다. 그 안에 있다 보면 J와 길석 님이 부딪혀 냈던 파동이 어제 일처럼 선명해진다. 그런 날은 김동률의 취중진담이 나를 위한 가사로 바뀐다.

'어설픈 어미 말이 촌스럽고 못 미더우니 그냥 말을 하지 마라. 두 번 다시 잔소리 없을 거야.'

베란다를 넘어온 바람이 시원하게 나를 스치고 지나갔다. 길석 님이 J의 이야기를 무겁게 담는 대신 스치고 지나가서 그도 시원함을 느꼈을까. 옆집 아이에게 하듯 매너 있게 내 아이를 대하면 사춘기 시절도 부드럽게 지나간다지. 이제 보니 길석 님과 J가 만든 파동은 그 어렵다는 '옆집 아이'의 생중계였다. 김치찌개와 갈치구이를 맛있게 해서 위장을 채워 주고, 덮어놓고 편 들어 주는 것, 내가 하는 살림에서 가장 중요한 영역일지도 모르겠다.

길어진 오후 햇살은 전람회 1집이 무한 반복되는 주방 한쪽을 꽉 채웠다. 햇빛으로 넉넉해진 시선과 김동률로 말랑해진 마음을 발판 삼아 오늘도 옆집 아이 스킬을 연마한다. 아이와 안 싸우는 한 달, 아니 일주일을 기대한다. 과연 내게도 그런 날이 올까. 우선 김치찌개와 갈치구이를 아주 맛있게 해 봐야겠다.

길석 님에게 배우는 살림은 계속 이어졌다. 나랑 길석 님의 세대차이가 이렇게 필요한 일이었을 줄 누가 알았겠나.

하얀 바구니의 배신

문제는 하얀 바구니였다. 하얀 바구니만 있으면 우리집도 잡지에 나오는 그 집이 될 거 같았다. 그냥 하얗기만 하면 될 줄 알았던 하얀 바구니는 만리장성을 쌓아도 될 만큼 다양한 종류가 있었고 나는 며칠의 검색 끝에 만리장성을 정복했다.

내가 만리장성을 넘는 것을 본 길석 님은 '집에 들이는 순간 내 일거리, 먼지 구덩이.'라는 말을 혼잣말처럼 중얼거렸다. 검색에 서툰 길석 님의 시대착오적 문구였다.

시대착오적인 건 나였고 길석 님은 미래 예언적이었다. 하얀 바구니는 잡지 아이템이 아니라 잡스러운 일거리였다. 인테리어 효과인 줄 알았던 바구니 구멍들 사이로 착실하게 먼지가 끼었다. 살림 수납은 바구니 문제가 아니라 정리의 문제라는 걸 그제야 알았다.

깨닫기까지 고작 5주가 걸렸다. 반면 내가 사들인 하얀 바구니가 썩어 없어지려면 500년 이상이 걸린다고 했다. 잠깐 했던 착각의 대가치고는 좀 섬뜩했다. 하얀 바구니의 음흉한 웃음소리가 환청처럼 들렸다.

　아이가 제 방 꾸미기에 재미를 붙였다. 어느 날 아이는 제 몸집의 반만 한 커다란 비닐봉지에 하얀 바구니를 차곡차곡 쌓아 갖고 왔다. 보자마자 나는 이게 원죄구나 싶었다.

　아이 방의 하얀 바구니는 내가 거쳐온 단계를 복사한 듯 지나고 있다. 바구니끼리 뒤엉켜 그 위에 먼지가 쌓이고 바구니 안의 물건들은 그저 깊숙이 박혀 있기만 한다. 다 갖다 버리고 싶지만 내 잔소리로 처리하는 건 소용없다. 본인 의지의 반품이 아닌 한 기어이 다시 들일 걸 알기에 나는 솟구치는 잔소리를 스스로 다시 뒤집어쓴다.

　"엄마, 인간이 만물의 영장이라는 말은…"
　"만물의 영장 좋아하네. 만물이 인간에게 영장 청구를 하게 생겼거든."
　뒤집어쓴 잔소리를 애꿎은 순간에 내뱉기도 한다.

　아이의 하얀 바구니에 손을 대고 싶을 때마다 "어릴 때 엄마가 제 물건을 다 버렸거든요. 제가 물건을 못 버리고 집착하는 게 그 영향도 있는 거 같긴 해요."라고 말했던 어느 인터뷰가 떠오른다. 아이가 나중에 '내 컬렉션'이라는 이름으로 뭘 사다 나를지 모른다는 생각에 버리고 싶은 바구니를 슬그머니 내려놓는다. 그저 혼잣말만 하며 내가 사들인 하얀 바구니를 바라보던 길석 님이 이제야 읽힌다.

선진국이 200년 동안 이룬 성과를 우리는 통상 70년 만에 이뤄냈다고 한다. 그러니 60대 후반인 길석 님은 농경 사회, 산업 사회, 초연결 사회를 다 겪었고 마흔 중반인 나는 정보화 사회와 초연결 사회, 10대인 내 딸은 처음부터 초연결 사회 및 부자 국가 태생이다. 길석 님에서 내 딸까지의 시대는 200년이 압축해서 들어앉아 있다. 세대 차이가 없을 수가 없다.

바구니를 애정으로 바라보는 아이 옆에서 세대 차이를 인정한다. 길석 님을 이해 못했던 나를 속죄한다. 그 두 마음으로 나는 늘 텀블러와 장바구니를 챙긴다. 플라스틱을 사는 일은 최선을 다해 피한다. 내 아이도 속히 하얀 바구니의 음흉한 웃음을 들을 수 있기를 바란다.

건전지가 사랑일 때

카페는 세상에서 가장 아름다운 장소다. 아름다운 도시치고 카페가 없는 곳이 없다. 아니, 카페가 없으면 아름다운 도시가 될 수 없다. 싱글일 때는 친구와 놀러 가는 카페가 좋았고 지금은 혼자 가는 카페가 좋다. 혼자 가는 카페는 일종의 인간 충전소다.

혼자 가는 카페에서는 뭐든 끄적거린다. 못난이 글씨 때문에 손글씨는 자꾸 마음이 끊겨 버리니 끄적을 위해 키보드가 필수다. 만일의 사태에 대비하기 위해 블루투스 키보드 건전지는 카페 필수재가 됐다.

어느 날, 혼자 온 카페에서 키보드가 죽었다. 어찌 된 일인지 파우치에 건전지도 없다. 간신히 시간 내서 온 카페인데 건전지가 없다니 미간이 한껏 좁아진다. 하는 수 없이 아이패드 자체 자판을 열었다. 써 본 적 없는 자체 자판은 그야말로 오타 천국, 슬슬 열이 받는다.

내 새끼손가락만 한 건전지, 그게 뭐라고 사람을 이리도 쥐락

펴락한단 말인가. 그 작은 건전지는 블루투스 키보드에 들어가면 어디 있는지 보이지도 않는다. 그가 힘의 근원인데 평소에는 있는지조차 자각하지 못한다.

나는 누구에게 힘의 근원이 될 수 있을까. 반응 없는 블루투스 키보드를 보며 나를 생각한다. 누군가를 움직이는 원동력이 되는 사람, 그러면서도 딱히 티는 나지 않아서 평소에는 잊고 사는 사람, 나는 그런 사람이 될 수 있을지 모르겠지만 내게는 그런 사람이 있다. 길석 님이다.

아이가 크면 클수록 나의 근원을 되짚는다. 아이가 익숙한 듯 눈에 거슬리는 행동을 할 때 그게 나에게서 왔음을 보고 놀란다. 이게 분명 거슬리는 일인데 그조차 감싸 줬던 길석 님이 그제야 떠오른다.

신문물에 어두워지는 길석 님을 탓하면서 나 혼자 다 아는 듯 잘난 체를 했다. 지금의 아이와 내가 꼭 그렇다. 나는 그 짧은 틱톡이 뭐 그리 재미있는지 모르겠고 아이가 들려주는 노래는 한국말을 흉내 낸 외계어다. 아이는 어떻게 이걸 모를 수 있냐며 놀라워한다.

나랑 비슷하게 생긴 애가 나랑 비슷한 말을 한다. 내가 길석 님을 타박할 때 길석 님은 그저 사람 좋은 웃음으로 너도 늙어

봐라, 라고 했던 거 같다. 나는 아이에게 '숙제도 안 해놓고 뭐 잘 났다고.' 소리가 먼저 튀어나오려다 내 입을 막는다. 엄마에게 내가 좋아하는 걸 자랑했던 이유는 엄마와 공유하고 싶었던 마음이니까 아이도 그런 마음일 거다. 그렇다고 믿어야겠다.

엄마라는 건전지가 내게 없었다면 아이의 행동을 그렇게 해석할 수 있었을까. 해석은커녕 잔소리가 먼저 나왔겠다. 보이지 않는 길석 님 건전지가 나를 돌려놓는다. 나를 움직이는 근원이 된다.

카페에서 오타 천국으로 혼자 씩씩거리지 않게 AAA 건전지를 챙겨야 한다. 아이의 말에 또 씩씩거리지 않게 길석 님 건전지도 챙겨야 한다.

건전지는 사랑이 된다. 30년 뒤, 내 아이에게 나도 그런 건전지가 되고 싶다. 오타 천국 패드를 닫고 커피를 마신다. 집이 흉내 낼 수 없는 높은 층고와 아기자기한 소품을 둘러보며 마음을 가라앉힌다. 역시, 세상에서 가장 아름다운 곳은 카페를 빼놓고 말할 수 없다. 역시, 세상에서 가장 오래가는 건전지는 길석 표 건전지를 빼놓고 말할 수 없다.

2

내 마음이 제일 중요했다

똑 떨어진 후

층간소음에 분개하며 거실로 뛰쳐나왔다가 그게 냉장고 소음이라는 걸 알게 된 후, 나는 소위 말해 '귀가 트인' 사람이 되어 버렸다. 그때부터 살림들의 이야기가 들렸기 때문이다. 살림 20년 차인데 이제야 들리는 이야기가 신기하기도, 재미있기도 해서 신나게 받아 적었다. 내가 빈 문서를 이렇게 잘 채우는 사람이었나.

빈 문서를 열 개 정도 채웠을 때, 에세이 공모전을 봤다. 살림 글을 묶어서 냈고 똑 떨어졌다. 이건 나만 할 수 있어! 라고 믿는 의기양양했던 마음은 종잇장처럼 얇아져 세상의 모든 자극에 파르르 떠는 헝클어진 인간이 되어 버렸다. 살림 따위, 다 없어져 버려! 하고 있는데 어느 날 메일이 왔다.

전자책 플랫폼에서 살림 글을 연재하고 싶다는 내용이었다. 어디서 목소리가 들리는 거 같았다. "네 글이 공감을 이끌어 내고 있어. 그러니 계속 써 볼래?" 따로 원고료가 있는 일은 아니었지만 그의 목소리에 홀려 앞뒤 없이 수락했다. 수락할 때는 몰랐다. 내가 얼마 안 있다가 서당개를 부러워할 줄은.

서당개 삼 년이면 풍월을 읊는다고 한다. 서당개 이십 년은 사서삼경을 떼려나. 살림 이십 년째인 나는 풍월은 넘은 것 같은데 사서삼경은 근처에도 못 갔다. 서당개만큼도 못하는 내가 안쓰러워서 냉장고가 '옛다, 이거 받아라.'라며 본인 이야기를 던져 줬나 보다. 그 동력으로 드라이어기까지 썼고 플랫폼에서의 연재 의뢰로 없는 동력을 끌어와 간신히 하나씩 채워 갔다. 그저 서당개만 부럽고 도저히 안 써지는 어떤 날, 나는 안 하던 짓을 했다.

무작정 이것을 했더니

3시간째 옷 정리 중이다. 안 하던 짓이라 세 시간이나 했는데도 별 진전이 없다. 한 철 입었는데 소맷단과 바짓단이 훅 올라간 옷들을 보며 열심히 크는 아이의 귀여움과 매달 스치듯 안녕, 하는 통장의 텅장을 동시에 그린다. 살림을 잘하면 텅장을 만나지도 않는다지. 서당개의 환청이 들린다. "내가 너보다 나은 거 같다."

환청에 비해 위장이 짜증 내는 소리는 매우 현실적이다. 꼬르르륵. 지극히 탄수화물러스한 한 그릇 식사를 차린다. 혼자 있더라도 잘 챙겨 먹으라는 말을 자주 들었다. 그 자체가 일거리임을 그들은 정녕 모를까. 그러니 한 그릇 식사야말로 나를 위한 챙김이다.

탄수화물이 몸에 퍼지니 옷 정리가 별로 일거리처럼 느껴지지 않는다. 역시 마음의 안정은 감정의 일이라기보다 탄수화물의 일이었다. 탄수화물을 사랑하지 않는 건 불가능하다. 실제로 탄수화물에서는 행복 호르몬이 나온다는 말도 있지 않은가.

충전을 한 후 다시 신들린 듯 옷을 내다 버렸다. 빽빽한 행거가 헐렁해졌다. 쌓이는 먼지도 눈에 띄게 줄었다. 공간이 쾌적해지기 위해서는 그저 다 갖다 버리면 되는 일이었다. 헐렁해진 공간이 말을 걸었다. "간단하죠? 그런데 간단하기만 해서는 안 될 텐데?"

공간의 말에 귀 기울이다가 나의 기준 없음을 깨달았다. 나는 그저 빈 공간을 만들기 위해 버렸지 뭘 남겨야 내가 좋아할까를 내게 묻지 않았던 거다. 반면 아이는 본인 옷을 정리하면서 이건 이게 좋아서 남기고 저건 저게 좋아서 남긴다, 라는 확고한 규칙이 있었다.

그때는 별 기준 같지도 않은 기준으로 못 버리게 하는 것 같아 나는 혼자 구시렁거렸다. 지나고 보니 아이의 기준이 맞는 거였다. 좀 덜 버리더라도 나의 기준에 맞는 것을 남기는 일이 더 중요했다. 내 옷장은 그저 비워지기만 해서 취향 없이 텅 비었고 아이는 자기가 좋아하는 옷만 남은 옷장을 가졌다.

오전 외출 때 나는 아이 옷을 한 번씩 입고 나간다. 잔소리했던 내가 무안해서 아이가 오기 전에 손질해서 다시 걸어 놓는다. 빈집인데 괜히 까치발로 아이 방에 들어가 옷을 걸어 놓을 때면 옷이 째려보며 내게 말한다.

"왜 굳이 나를 데리고 숨바꼭질을 하시는 겝니까?"

"미안미안, 그렇다고 버린 지 며칠 되지도 않아서 또 옷을 살수 없잖아? 곱게 입었으니 화 풀어. 응?"

누구에게 하는 사죄인지 모른 채 굽신거린 채 아이 방을 나오며 어디서 들은 말이 떠올랐다. 때로 엄마들은 딸과 자신을 서로 다른 존재로 구분하기 어려워한다는 말, 그것은 타인에게 기대지 않고 자기 자신이 누구인지 설명할 수 없을 때 더 심해진다. 아이의 성공을 나의 성공으로 여겨 집착하는 것도 그런 이유라고 한다.

아이의 옷을 입으며 나의 취향을 아이에게 기대면서 나를 아이에게 동일시하는 게 아닐까 했다. 만약 나도 모르는 동일시가 있다면 아이가 더 컸을 때 나는 얼마나 허전해질까. 아이가 큰 후에 빈 둥지 증후군으로 힘들어하는 선배 엄마들의 사례가 머리를 스쳤다. 내가 뭘 한다 한들 이십 년 서당개의 반열에는 오르지 못하겠지만 나름의 대비책이 필요했다.

대비책을 생각하니 다시 살림이 예뻐 보였다. 적어도 잡생각을 멈추게 하는 게 또 살림이니까. 옷이 떠드는 소리조차 고마워졌다. 그가 말을 걸어 준 덕에 명상 비슷한 걸 하니 말이다.

가장 시끄러운 명상

성공한 사람 누구누구도 명상을 한단다. 아니, 명상을 해야 성공하는 사람이 되는 거 같기도 하다.

명상은 어렵다. 정좌하고 앉아 눈을 감고 마음을 모으라는데 이놈의 마음은 '모아야지.'하고 마음먹는 순간 열여섯 방향으로 흩어진다. '코끼리를 생각하지 마세요.' 라고 하는 순간 코끼리 생각이 끊이지 않는 것과 비슷하다. 하려고 하면 더 안 되는 현상, 명상은 이번 내 생애에 없는 줄 알았다.

의외의 명상은 살림에서 나왔다. 싱크대를 닦으면서, 설거지를 하면서, 세탁기의 빨래를 꺼내면서 명상이 시작됐다. 명상은 마음을 모은다고 했던가, 살림 명상은 살림과 상관없는 문장이 튀어나오면서 시작됐다.

박완서 님은 살림하면서도 이야기가 속에서 소용돌이쳤다는데 그 소용돌이 한번 만나 보고 싶네. 문장 몇 개만 둥둥 떠다니는 내게 소용돌이는 너무 먼 이야기다. 맥락 없이 나오는 문장들이어서 그렇다. 탈수가 끝난 걸 깜박 잊고 빨래를 늦게 꺼냈더니 세탁기가 빨래를 토해내며 말을 한다.

"채우는 것도 중요하지만 비우는 게 더 중요해. 사이로 드나드는 바람조차 없을 만큼 채워 놓기만 하면 결국 냄새가 나거든."

아, 예… 그러시겠지요. 그럼 헹굼을 한 번 더 눌러 드리지요. 하며 다시 세탁기 문을 닫는다. 틈이 없을 만큼 내가 뭔가를 꽉꽉 채워 본 적은 있었을까, 머릿속을 더듬어 본다.

건조대에 걸리기 전에 탁탁 터는 수건의 먼지에 붙어 문장이 둥둥 표류한다. 싱크대 배수구에 붙은 음식 쓰레기를 탁탁 털어 낼 때의 진동 어딘가에 같이 붙은 문장이 부르르 떨며 말한다.

"여름이야 여름, 빨리빨리 비워야지. 냄새는 한번 퍼지면 잡기도 힘들어."

아니 뭐 얘네는 이리 잔소리가 심할까. 여름 살림이 조금 더 바쁜 건 알지만 이렇게 대놓고 하라고 하면 또 하기 싫어지잖아. 양쪽에서 비우라고 어찌나 잔소리인지. 명상의 핵심은 비움이라는데 내가 명상을 못한다는 걸 아는 살림이 이렇게 소란스럽게 말을 거나 싶었다.

인간의 두뇌는 구조적으로 멀티태스킹이 안 된다. 멀티태스킹을 한다는 느낌만 있을 뿐, 실제로 뇌는 동시에 두세 가지 일을 하지 못하고 이쪽저쪽 바쁘게 뛰어다니는 거라고 한다. 그러니 멀티태스킹보다 한 가지를 집중해서 하는 게 효율성으로는 더 낫다.

살림에서의 멀티태스킹을 분석한 자료는 없다. 딴생각을 하며 닦는 싱크대와 정성을 기울여 닦는 싱크대가 청결도에서 얼마큼의 차이가 나는지 분석하는 사람은 영원히 없을 거다. 설사 청결도가 다르게 나온다 해도 그게 대세에 큰 지장을 주지 않는다. 싱크대를 닦으며 지겨워 죽겠네 한탄하기보다 비움에 대한 잔소리를 듣는 게 좋을 테니 멀티태스킹은 살림에서만큼은 이득이다.

그렇게 한 시간을 보내면 식기세척기가 툭, 하며 입을 연다. 뜨거운 김이 모락모락 올라오면 그릇들이 그 안에서 나를 부른다. '날 좀 꺼내 주지?'

그들의 분부를 받든다. 그들을 받들다가 어디선가 또 튀어나올 문장들을 믿어서다. 아직까지는 잔소리에 가까운 문장들이지만 그래도 속 시끄러운 남의 이야기 듣는 것보다 낫다. 남의 잘난 이야기는 부러워서 속 시끄럽고, 힘든 이야기면 나까지 가라앉아서 속 시끄러우니 살림의 잔소리가 그나마 들을 만하다.

그러다가 알았다. 옷 정리하다가 빈 둥지 증후군을 걱정하기에는 내가 너무 혼자 잘 노는 사람이라는 것을. 동일시 같은 무거운 말로 나를 누를 필요가 없었다. 아까 살금살금 걸어 놓은 티셔츠가 그제야 속내를 털어놓는다.

"어차피 애들 취향은 금방 바뀌느라 하나를 오래 못 입잖아. 여름옷은 거의 한 철만 입기도 하고. 그걸 둘이 입으면 두 배 이득 아냐? 그러니 괜한 걸로 걱정하지 마."

그러네, 네 말이 맞네. 옷 정리하면서 고민한 나는 괜한 소란을 피운 것 같아 혼자 머쓱해졌다. 누가 볼 새라 장롱에서 나온 빨랫거리를 들고 얼른 세탁실로 갔다. 물론 그때는 세탁기가 이렇게 배신을 때릴 줄 몰랐다.

죽을 거면 내일, 오늘은 안 돼

며칠 후가 이삿날이었다. 갖가지 경비 처리로 들숨에 출금, 날숨에 마이너스인데 세탁기가 갑자기 멈췄다. 죽을 거면 이사 다 끝나고 죽어! 오늘은 안 돼! 이미 예산을 최대치로 끌어다 쓰고 있는데 세탁기까지 감당할 수는 없었다.

고객센터 페이지에 셀프 점검이 있다. 뭐를 열고 얘를 청소하고 쟤를 다시 끼워 주랜다. 뭐를 열었더니 정말 단어 그대로 '울컥' 소리가 나더니 그 작은 구멍에서 시커먼 덩어리가 나왔다. 까만 물도 계속 나온다. 이 작은 공간 안에서 이 많은 물이 흐르지 못하고 고여 있었구나, 싶다. 고이면 고통이 된다.

고인 고통은 진한 냄새로 확인된다. 다용도실이 거대한 꼬린내에 휩싸였다. 쇼생크탈출 주인공 에디가 이런 냄새를 뚫고 탈출했구나, 싶다. 황급히 창문을 열어 놓고 다용도실 밖으로 나와 깊은 숨을 들이마셨다.

분명 문을 닫았는데 왜 냄새가 나지? 했더니 가지고 나온 뚜껑이 있었다. 트랩이 뻗어 나온 뚜껑이다. 그 트랩 사이사이에 뭉친 넝어리들은 흡사 에어리언 알 같았다. 조금 있으면 외계인이 튀어나와 주방을 점령할 거 같은 느낌에 서둘러 락스를 꺼내 왔다. 락스는 유해가스 때문에 희석해서 쓰라는 말을 들은 거 같긴 하다. 이 뚜껑에 비하면 락스는 다우니 엑스퍼트다. 희석이고 뭐고 그냥 부었다.

'엄마의 20년'을 쓴 오소희 작가님의 글쓰기 살롱이 생각났다. 글쓰기 살롱인데 그곳에서는 글쓰기를 하지 않는다. 아니, 쓰긴 쓰는데 글에 대한 이야기는 안 한다. 대신 작가님이 글을 보고 사람을 말한다. 본질을 피해 내가 쓰고 싶은 걸 쓰면 귀신같이 알아내고 이렇게 말한다.

"본질을 찾아. 너의 가장 깊은 곳에서 해결되지 않은 그거. 그게 해결되어야 앞으로 나갈 수 있어."

살롱의 멤버들이 소희 작가님의 방향대로 해결되지 않은 채 깊숙이 박혀 있던 삶의 트랩을 꺼내는 순간 악취가 진동했다. 본질을 확인한 작가님의 솔루션은 강력한 락스가 되어 덕지덕지 붙은 때를 조금씩 불려 떼어 냈다. 본질을 뒤집는 건 피곤하고 때론 긁어 부스럼을 만드는 일 같았지만 결국에는 말갛게 된다. 확인할 때마다 경이로웠다.

고인 물을 빼고 트랩을 청소했더니 세탁기가 다시 작동했다. 그전까지도 세탁기 드럼통 내부 광택이 살아있길래 다 괜찮은 줄 알았다. 가장 밑바닥, 작고 냄새나는 이 덩어리가 해결되지 않으면 저 광택도 소용없음을 그제야 알았다.

이사비용 할부 끝날 때까지만 좀 버텨라 했던 세탁기는 이사 후 1년 반이 지났는데도 쌩쌩하다. 대신 보름에 한 번씩은 트랩을 청소한다. 이젠 락스도 필요 없다. 물로 휘휘 헹군다.

오소희 작가님의 글쓰기 살롱에서는 네 안에 고인 뭔가가 네 전체를 막아서게 하지 말라고 말한다. 수시로 들여다봐야 쌓이는지 아닌지 확인할 수 있으니 꼭 스스로를 들여다보는 시간을 가지라고도 말한다. 사람도, 세탁기도 뭔가 고여 있으면 분명 탈이 난다. 사람과 세탁기가 이렇게 닮을 수도 있다.

세탁기 트랩을 돌보듯 나를 돌본다. 해결되지 않는 감정이 쌓이지 않도록, 그게 쌓여 나도 모르는 사이 악취를 풍기지 않도록 확인한다. 그래야 원인은 여기 있는데 괜히 멀쩡한 세탁기를 통째로 바꾸겠다며 통장을 텅장으로 만드는 미련한 짓을 안 할 테니까.

세탁기의 메시지가 너무 강력했을까. 그 후로 세탁기는 너무

씩씩해졌다. 사람 마음은 어찌나 간사한지 그게 또 미워지기 시
작했으니.

이제 죽어도 되는데 왜 안 죽니

쓰던 세탁기에 건조기를 설치하려면 앵글을 따로 짜야 한다고 했다. 신세계가 열린다는 건조기를 꼭 사고 싶었는데 세탁기가 명을 다하면 앵글도 같이 쓰레기가 된다기에 일단 참았다.

세탁기에게 이사비용 할부 끝날 때까지만 버텨 달라 읍소했다. 너무 읍소를 했는지 무려 사계절을 한 바퀴 돌고서도 여름까지 왔다. 이리도 짱짱할 일인가. 이젠 죽어도 되는데 왜 안 죽니.

건조기 사용자가 공통으로 찬양하는 건 화장실 수건이었다. 건조기 돌린 옷은 때로 줄어들 때가 있는데 수건만큼은 한 시간만에 뽀송뽀송하게 나온다고 했다.

코로나로 회사도, 학교도 셧다운돼서 모두 집에 있으니 제일 먼저 늘어난 건 수건 빨래였다. 건조'대' 터줏대감이 된 수건들을 보며 건조'기'가 더 간절해졌다.

호텔 고급 수건도 드럼 세탁기에서 한번 돌고 오면 초록 수세미처럼 뻣뻣해진다. 하물며 집 수건이야 말해 뭐 할까. 세수하고 물기 닦다가 수건한테 빰 맞는다. "맞기 싫으면 내게 건조기를 대령해라."라고 수건이 말을 하는 건 아니겠고 그냥 내 마음의 소리다.

세탁기를 버리고 세탁기와 건조기 세트를 살 수도 있다. 그런데 '세탁'이라는 본연의 임무를 완벽하게 하고 있는 애를 내치는 건 내키지가 않았다. 꼭 내가 나를 내치는 것 같아서다.

성공학, 자기 계발 등의 이야기가 요즘만큼 호황일 때가 있었나 싶다. SNS에서 기록적인 조회수를 내는 건 "이것을 알면 입금액 뒷자리에 0이 더 붙습니다." 식의 이야기. 사업을 확장하기 위한 마케터적 글쓰기 등, 성공 의욕을 고취시키는 글들이 쏟아져 나온다.

우리 집 세탁기가 '세탁'이라는 본질을 충실히 수행하고 있는 것처럼 나 역시 본질로 지키고 싶은 '쓰기'를 충실히 수행하고 있다. 단지 세탁기가 건조기와 세트를 이루지 못했듯 나의 쓰기도 마케팅이나 성공과 세트를 이루진 않는다. 세탁기를, 나를 아예 새 걸로 바꿔 버리지 않는 한 세트가 될 일은 영영 없을 것이다.

폐가전 수거업체 전화번호를 검색하다가 창을 닫았다. 네 본질을 충실히 지키고 있으니 나도 널 배신하지 않으마. 우리 되는 데까지 같이 가자. 수건이 뻣뻣하면 좀 어때. 수건은 물을 흡수

한다는 본질은 잘 지키고 있잖아? 식의 마음이었다. 내가 너를 버리면 또 쓰레기를 만드는 일이겠으니 최대한 미뤄 보겠노라 다짐했다.

손자병법에 이우위직, 이환위리라는 말이 나온다. 다른 길을 찾아서 유리한 위치를 선점하고 고난을 극복해서 기회를 삼는다는 뜻이다. 나와 세탁기는 다른 길을 찾았다. 폐가전을 만들지 않았으니 지구에게 좋은 일이라는 유리한 위치라고 친다. 뻣뻣한 수건을 써야 하는 게 고난 극복까지 될지는 모르겠다. 다만 건조기가 없어서 종일 펼쳐졌던 건조대가 갑자기 접히면서 어떤 '기회'를 주긴 했다.

건조대를 접는 가장 빠른 방법

날이 더워지면서 매일매일 빨래가 생겼다. 건조대를 접을 날은 내 복근이 선명해지는 날처럼 결코 오지 않을 거 같았다.

어느 토요일 아침, 시부모님이 오신다는 전화를 받았다. 코로나와 장거리 운전 못함과 기저질환의 삼중 콜라보로 두 해 동안 미뤄온 집들이가 세 시간 후에 시작된다는 신호탄이었다. 침대에서 멀리뛰기 하듯 일어난 나는 제일 먼저 건조대의 빨래를 소파에 던져 놓고 건조대를 접었다.

파삭한 햇살에 빨래는 이미 다 말라 있었으나 건조대가 거기에 있으니 토요일의 나처럼 빨래들도 그저 거기에 누워 있을 뿐이었다. 시부모님의 행차는 반년 넘게 한 번도 접지 않은 건조대를 3분 만에 접게 했다. 소파에 빨래를 쌓을 수 없으니 빨래들도 본인들 서랍으로 발길을 돌렸다.

건조대를 접으니 그 밑의 매트 먼지도 닦고 그 옆의 창틀도 닦았다. 갑자기 거실이 넓어졌다. 이게 이 집 거실이었구나. 두 해 동안 매일 본 거실이 달리 보였다. 내친김에 나는 다용도실을,

남편은 안방 베란다를 청소했다. 50리터짜리 쓰레기봉투가 꽉 찼다.

주말 아침에 며느리가 분명 늦잠을 잔다는 걸 아는 시어머니는 점심으로 같이 먹자며 김밥을 한가득 싸 오셨다. 어머님 텃밭에서 혼자 자란 별꽃 나물도 무쳐 오셨다. 별꽃은 알고 있었지만 나물로 먹을 수 있다는 건 몰랐다. 이게 먹는 거였어요? 라며 김밥 하나에 별꽃 나물을 수북이 올려 먹는 나를 보며 시어머니는 별꽃처럼 웃으셨다.

웃는 시어머니 뒤로 광활한(건조대를 치운 몇 시간 동안은 거실이 광활해 보였다) 거실이 펼쳐졌다. 당연해서, 필요해서 건조대가 거실 자리를 차지하는 것에 다른 생각을 한 적이 없는데 접어놓으니 이리도 광활해진다. 당연한 건 없었다. 수시로 접고 펴는 쪽이 당연하게 될 수도 있는 일이었다.

마음 한쪽을 차지하는 건조대를 생각했다. 누구를 향한 원망, 아쉬움은 그가 내게 준 당연함이니 한쪽에서 그렇게 자리를 차지해도 괜찮은 줄 알았다. 시간 지나면 자연히 없어질 줄 알았다.

건조대를 접어서 넣어 놓지 않으면 거실 한쪽을 점령한다. 마찬가지로 마음을 차지하는 그 무엇도 내가 의지를 갖고 접지 않는 이상 마음 한쪽에서 터줏대감이 되어가고 있었다. 설사 또 펴야 할지라도 한번 지나갔으면 착착 접어서 넣어 놓아야 했다. 백 평의 한 평은 내어 줘도 괜찮겠지만 열 평의 한 평은 지분이 크다. 백 평이 못 될 거면 있는 평수라도 넓게 써야 하지 않겠는가.

넓은 거실에서 시어머님과 둘째는 공기놀이를 했고 아버님은 그 옆에서 초저녁잠이 드셨다. 낮은 코골이와 공깃돌의 챕챕 소리와 혼자 떠드는 텔레비전의 도란도란이 썩 잘 어울리는 토요일 저녁이었다. 이게 다 건조대를 접어서 생기는 일 같았다. 게으른 며느리에게도 별꽃 나물을 챙겨 주는 시어머니의 다정함에서 생기는 일 같았다.

시부모님이 가셔도 건조대를 수시로 접어 봐야겠다는 다짐을 했다. 건조대를 접으며 내 안에 방치된 그 무엇도 같이 접어 버려야지 했다. 하루 지나 금방 또 펴질 걸 안다. 그래도 접힌 동안의 광활함을 수시로 누리고 싶다. 그래야 자리 차지한 그것들에게도 조금 너그러워질 수 있을 테니 말이다. 건조대는 접고 볼 일이다. 질긴 생명을 이어가고 있는 세탁기가 주는 가르침이었다.

그러던 어느 날, 세탁기보다는 어리지만 나도 할 말이 있다고 손을 드는 녀석이 나타났다.

캡슐 회사가 이 글을 싫어할까요

우리집엔 세탁기와 냉장고보다는 좀 어린, 아홉 살 먹은 캡슐 커피 기계가 있다. 세상에서 제일 작은 카페는 작아도 너무 작아서 성에 안 찼기에 (공유님 미안해요. 카누가 지겨웠어요.) 들인 가전이었다.

귀여움과 환장함의 콜라보 시절, 그러니까 큰애는 말이 폭발적으로 늘어서 나랑 말싸움이 시작되고 둘째는 혼자 뒤집어 놓고 수습 못해서 앵앵거리는 그런 시절에 들어온 가전이었다. 하루 세 끼는 못 먹어도 세 캡슐은 뽑았다.

캡슐 머신이 여덟 살 됐을 무렵, 커피가 다 내려져도 물이 계속 나왔다. 혹시 흘러넘칠까 봐 물을 딱 맞게 넣어두면 머신은 "물 안 주면 폭파시킬 거야!" 하듯 '주와와아아아아아앙' 거렸다. 밑에 연기만 깔아 주면 이륙 카운트다운 세는 로켓과 다를 바 없었다.

며칠 후 '주와와아아앙'이 '부롸라라라아라왁커럭러러어엉'하며 온몸 떨기로 진화했다. 당장 폭발해도 매우 당연한 소리였다.

그즈음, 쓰레기에 대한 다큐 한 편을 봤다. 알루미늄 캔 재활용 비율이 낮다고 했다. 알루미늄 캡슐 커피를 많이 마시긴 하지만 나는 캡슐을 잘 모아서 매장에 꼬박꼬박 갖다주고 있었다. 그러니 적어도 내 캡슐은 저 방송에서 비켜나간 줄 알았다. 아니었다. 캡슐 내부를 깨끗하게 세척하지 않는 한 소용없는 일이라고 했다.

이미 AS를 한 번 받은 터라 더 수리하는 건 의미 없다는 말에 새 캡슐 머신을 알아보는 중이었다. 캡슐의 최후를 보니 이건 아닌 거 같았다. 지구의 진상이 될 수 없었다.

환경 이슈를 파고파고 들어가다 보면 팜유도 나와서 새우깡도 끊어야 하고, 착취 커피도 나와서 커피도 끊어야 한다. 그렇게 파다 보면 내가 파묻혀질 지경, 안 파묻히면서도 직관적으로 할 수 있는 어떤 것을 찾아본다. 그게 캡슐커피 끊기였다. 먹은 캡슐을 완벽하게 세척하는 거보다 아예 안 먹는 게 더 지속 가능한 실천이었다.

캡슐도 끊고 포장 쓰레기 계속 나오는 카누도 끊고 원두 가루만 쓰는 머신을 샀다. 에스프레소가 안돼서 아이스 아메리카노가 보리차로 변신하긴 하지만 캡슐과 싸우면서 마음 불편하느니 싱거운 커피가 낫다. 정 안되면 텀블러 들고 5분만 걸어 나가서

사 먹기로 했다.

　캡슐이 분해되지 않는 폐기물로 500년을 떠돈다면 결국 그 아픔은 사람이 감당해야 한다. 코로나도 결국 동물의 영역에 사람들이 침범하면서 종간변이가 일어난 결과라 하지 않는가. 인간은 지구의 코로나일지도 모른다. 지구의 코로나가 안 되기 위해 오늘도 캡슐을 포기하고 아이스 아메보리차노를 마신다. 마시면서 이 집의 최첨단 신입, 식기세척기의 이야기를 들었다.

식기세척기 고모님, 혹은 삼촌님

나는 고모가 없고 이모만 있다. 어릴 때는 고모가 이모보다 높은 사람인 줄 알았다. 명절 때 외갓집에 가면 엄마를 고모라고 부르는 사촌들이 많았고 고모인 엄마는 그곳에서 한없이 편해 보였기 때문이다.

딱히 이모가 일하는 걸 본 적도 없으면서 왜 고모가 더 높은 사람이라고 생각했는지 모르겠다. 배워서 안 게 아니고 혼자 자연스레 느낀 거라면 전반적인 분위기가 가르쳤을 거라 짐작한다.

식기세척기는 우리집에서 가장 최신형 가전이다. 음식 찌꺼기만 대충 털어내고 착착 쌓으면 광택을 내며 내어놓는 식기세척기에게 나는 진심으로 설레었다. 그 마음을 SNS에 올렸더니 댓글에 '식세기 이모님'이 몇 번 나왔다. 식세기 고모님이나 삼촌님은 한 번도 안 나왔다. 내가 혼자 깨친 고모와 이모의 위상 차이가 여기에도 있었다.

언어는 생각을 지배한다. 언어로 박제하면 팩트에 상관없이 진리가 되어 버린다. 식세고모님과 식세삼촌님이 없는 이유는 고모와 삼촌은 설거지를 하는 사람이 아니라고 언어가 정해 버렸기 때문이다. 반면에 식당에서 일하는 여자 어른들은 묻지도 따지지도 않고 '이모님'이 된다. 고모 없는 내가 고모는 이모보다 높은 사람이라고 생각했던 것도 그래서일 것이다. 이모에 비해 고모는 허드렛일을 하지 않는 사람이다. 외갓집에서 '고모'로 불리는 우리 엄마는 나의 '외숙모'들이 차린 밥상을 받았다.

'태극 낭자의 금메달'이 뭇매를 맞고 '태극 전사, 태극 궁사'라는 중계가 칭찬을 받는다. 아무렇지도 않았던 말, 이의를 제기하면 '유난 떠네'가 되었던 말들이 더 이상 유난의 범주에 있기를 거부하는 시대다. 혹자는 예민보스라 비아냥거리겠지만 그 비아냥까지도 자연스레 뭇매를 맞을 시대가 곧 올 거 같다.

그 시대의 이모들은 좀 더 자유로웠으면 좋겠다. 설거지와 청소 같은, 누군가의 흔적을 치우는 일 말고 자신이 원하는 일을 하는 사람으로 분류되면 좋겠다. 식세고모나 삼촌도 물론 싫다. 기계는 그냥 기계로만 남아 사람을 역할로 구분하지 않기를 바란다. 식세기에 사람을 붙이지 않고 식세기님으로 불러도 나의 존경심은 충분히 전달된다.

식세이모님이 내 안에서 점점 커지자 아렌트가 불려 나온다. 그는 나치의 죄상을 밝히는 과정에서 '모든 사람들이 당연하게

여기고 평범하게 행하는 일이 악이 될 수 있다.'라는 말을 하면서
악의 평범성이라는 개념을 세웠다. 어떤 단어는 다른 사람을 짓
밟고 일어서기에 식세이모님도 이에 자유로울 수 없다. 나의 단
어가 누구를 밟고 있지는 않은지 다시 돌아보는 날이었다.

위로의 가스레인지, 눈물의 하이라이트

학교 앞에서 자취하던 시절, 자주 놀러 오던 동생이 있었다. 이 동생은 가스레인지로 내 상태를 파악했다.

"하이고, 언니. 가스레인지가 왜 또 이리 반짝거려? 어젠 또 무슨 일이 있던 거야?"

학교에선 조교, 학교 밖에선 문화 센터 강사였던 나는 늘 남에게만 상냥한 아가씨였다. 나의 상냥함은 통장을 채웠기에 그게 좋은 건 줄 알았다. 나와 남 사이의 상냥함을 조율하는 방법을 그때는 몰랐다. 최선을 다해 남에게만 상냥하고 나를 홀대하던 시절이었고 자주 방전됐다. 그럴 때면 나는 집에 오자마자 가스레인지를 닦았다. 지금 당장 모델하우스 납품이 가능할 만큼 가스레인지를 닦고 나면 방전이 부른 방향 없는 분노도 차분히 가라앉곤 했다.

단칸방 부록으로 붙어 있던 주방의 가스레인지를 닦으며 차분해졌던 나는 30평 아파트 주방의 하이라이트를 닦으면서 차분함을 잃었다. 남편의 재택근무와 아이들의 온라인 수업이 시작됐던 때, 나는 하루 종일 뭔가 하는데 하루 종일 아무것도 안 하는 것 같았다. 그러다가 나는 하이라이트를 바라봤다. 아니 하이라이트가 나를 끌어당겼다. 끌려가서 하이라이트를 닦다 보면 '나는 뭐지?' 하며 눈물 한 방울이 툭 떨어졌다.

이 시국에 남편이 일자리를 잃지도 않았고 아이들 온라인 수업을 봐줄 사람 없어서 동동거릴 일도 없는, 그러니까 객관적 지수로 어디 하나 아쉬울 게 없는 상태에서 떨어진 눈물을 설명할 언어가 없었다. 밖에서 최대치로 치이다가도 가스레인지를 박박 닦으며 말간 마음을 만나던 때가 있었는데 지금은 왜 닦으면 닦을수록 내가 더 뿌예지는지 설명할 수가 없었다.

문제를 다루는 방법은 두 가지가 있다. 회피하거나 아예 몰입하거나. 회피라는 선택지는 선택할 수 없기에 몰입으로 기울었다. 하이라이트를 닦다가 환풍기 필터를 분해했다. 필터의 묵은 때가 과탄산과 구연산의 화학 반응으로 흐물흐물해지는 찰나 수세미로 박박 문지르면 눈물이 떨어질 틈이 없었다.

닦으면 닦을수록 내가 왜 이러고 있어야 하지? 의 물음표는 계속 치고 올라왔으나 그 물음표마저 과탄산 속에 다 쑤셔 넣었다. 네가 지금 올라와 봤자 해결되는 게 없단다. 그러니 그냥 너도 여기로 들어가거라... 의 마음이었다.

재택근무와 온라인 수업이라는 거인에게서 나의 일상을 탈환해야 했다. 내 탈환을 도울 사람은 아무도 없었다. 왜 없냐고 징징거린다고 해결될 성질도 아니었다. 그렇다면 해 버리는 것. 해버리고 휙 나가서 커피를 마시는 것, 내가 지킬 수 있는 최선의 일상이었다.

매켄지 스콧은 아마존의 최초 직원이면서 제프 베이조스의 전 부인이다. 그는 어떤 인터뷰에서 이런 이야기를 한 적이 있다. "우리가 일생에서 가장 걱정하는 것, 우리를 가두는 느낌을 주는 것, 우리의 실수, 우리가 겪는 불행, 사고, 역설적인 일, 이런 것들이 결과적으로 뒤돌아봤을 때 가장 감사할 일이다. 바로 그것들이 우리가 갈 곳으로 인도해 주기 때문이다."

스물 몇 살의 가스레인지와 마흔 몇 살의 하이라이트 사이를 본다. 둘 다 나를 가두는 느낌이었고 불행하다고 믿었다. 그랬던 것들이 나를 일으키는 구체적 방법을 말하고 있었다. 살림이 사람을 살리는 일에서 나왔다지. 그렇다고 해도 내 마음에서 달아나기 위해서 하는 이 노동이 진짜 나를 살렸는지는 아직 모르겠다. 적어도 설명 안 되는 눈물이 그쳤으니 일단은 괜찮다고 치자. 아직도 내가 갈 곳이 어디인지 콕 찍는 해답은 모르겠으나 나름의 방법을 찾을 수 있는 것, 그게 어른이겠거니 싶은 날이었다.

어른이면 잘 말하는 것보다 잘 듣는 게 훨씬 중요하다. 모차르트의 작은 별에서부터 아이의 이야기까지, 아이를 듣는 것까지, 어른 되는 연습은 현재 진행형이다.

모차르트의 작은 별이 가르치는 이것은

모차르트 피아노 소나타 3권 첫 번째에 작은 별 변주곡이 나온다. 우리 모두가 아는 그 반짝반짝 작은 별의 그 작은 별이다. 모차르트는 일곱 살도 칠 수 있을 만큼의 심플한 편곡으로 작은 별 소나타를 시작한다. 심플이라고 만만하게 볼 수는 없다. 뒤로 갈수록 작은 별을 넘어 대행성으로 탈바꿈해서다.

피아노과 학부생 시절, 교수님은 내게 항상 "듣는 게 먼저야. 죽어라 악보를 쫓아가려고 하지 마."라고 강조하셨다. 이렇게 쳐도 저렇게 쳐도 잘 들리는지라 교수님의 말은 허공 어디에서 굴러다니다 증발해 버렸다.

증발했던 말이 내게 와서 착 붙었던 날은 모차르트 작은 별 변주곡을 칠 때였다. 아무리 정확하게 건반을 눌러도 내가 제대로 듣지 않으면 작은 별이 대행성으로 진입할 때 다른 곡이 되어 버렸다. 작은 별로 들리지 않았다.

연주자만 잘 듣는 게 중요할까. 아이는 말 그대로 작은 존재였다가 대행성으로 탈바꿈한다. 이때 부모 역시 연주자만큼 잘 들어야 한다. 심플한 악보일 때, 그러니까 아이의 생활 반경과 친구들 모두 내 눈에 한 번에 들어올 때는 잘 듣고 말고 할 것도 없었다. 듣기 전에 이미 다 보였다.

아이 생활 반경이 커지면서 내가 보지 못하는 부분이 생기기 시작했다. 보지 못하는 부분은 아이의 이야기를 듣고 상상하는 수밖에 없었다. 듣는 것보다 눈으로 확인해야 하는 나는 아이 동선 모두 쫓아다니며 체크하고 싶어졌다. 그런 체크는 21세기형 창의적 미저리라는 걸 이성으로는 알고 있지만 나의 몸은 어느새 놀이터 구석에 숨어 있었다. 친구들과 놀고 있는 아이를 눈으로 쫓기 위해서였다.

창의직 미저리 짓을 들킨 어느 날에는 "엄마니까 딸이 걱정돼서 그랬지."라는 궁색한 변명을 했다. 아이는 당연히 듣지 않았다. 듣지 않는 아이에게 나는 더 퍼부었다. 아이는 방문을 닫아 버렸다.

연주자가 본인 연주를 듣지 않고 연주하면 완벽하게 망한다. 부모가 아이 말을 듣지 않고 제 말만 하면 역시 망한다. 그걸 알았다고 해서 바로 실천으로 연결되는 건 아니라 시행착오가 내 일이려니 하며 연습 중이다.

아이의 변주가 어디까지 계속될지 아직 모르겠다. 조급해지지 않으려 한다. 모차르트 작은 별이 아무리 변주되어도 잘 들으면 그 안에 작은 별 원형이 숨겨져 있듯 아이의 변주도 그럴 거라 믿는다. 그 원형을 지키기 위해 더 잘 들어야겠다. 작은 별은 앞에서 아이를 끌고 가고 싶은 나를 아이 뒤로 데려다 놓는다.

3
아니어도 괜찮아

부산역에서 보이는 바다가 해운대라고?

살림 속에서 메타버스를 만들면서 공모전 낙방으로 종잇장 같이 얇아진 마음이 조금씩 탄탄해지기 시작했다. 해리포터의 조앤 롤링도 맨날 떨어졌다잖아. 그 재미있는 이야기도 떨어지는 판에 냉장고가 좀 시끄러웠다고 하는 이야기는 떨어질 수도 있지, 하는 마음이 들어서다. 그럴 즈음에 다른 공모전을 봤고 살림 글을 다시 정리해서 냈다. 그 덕에 부산까지 가서 면접을 보게 되었다.

부산역에 도착했다. 빗방울이 쏟아질 거 같은 대기가 얇고 부드러운 껍질처럼 나를 감싸는 것 같았다. 습해도 바다 도시의 운치가 있구나, 하며 역 밖으로 나오는데 바다가 보였다. "해운대가 코앞에 있어."라며 반려인에게 전화해서 호들갑을 떨다가 "어디 가서 제발 그런 말 좀 하지 마."라는 당부의 말만 들은 채 면접장으로 갔다.

면접관도 우리집 냉장고에 관심을 보였다. 역시, 나의 구원자는 냉장고구나, 하고 있는데 어떤 계기로 그런 글을 썼느냐고 묻는다. 뭔가 멋있는 말을 하고 싶은데 생각이 나지 않았다. 그 글의 시작이 해독주술이라고 말할 수는 없었으니까.

오냐, 안에 음식들은 걱정말고,
내 아직 짱짱하다 전해도

부산 다녀오겠사옵니다~

시끄럽게 침묵하는 살림들에게

십 년이면 강산도 변한다 했던가. 십 년이면 무생물이 생물이 되는 날이 온다. 십 년 넘게 나와 함께 한 살림들이 그랬다. 십 년까지는 의뭉스럽게 아무 말 없이 있다가 어느 순간부터 한 마디씩 툭툭 던진다.

어쩌면 얘네는 우리 집에 온 그날부터 내게 말을 걸었을지도 모르겠다. 다만 내가 그걸 듣는 귀가 없었을 뿐. 왜냐면 우리 집에 들어온 신입 살림들도 오자마자 떠들기 시작했기 때문이다. 내가 들을 줄 아는 사람이란 걸 신입들도 아는 모양이다.

사람과 사람의 이야기도 한번 물꼬 튼 사람에게 계속하게 된다. 살림들도 그래서 내게만 시끄러운 것 같다. 나의 살림들은 시끄럽게 침묵 중이다.

그들의 수다가 온몸을 촘촘히 묶어버리는 듯한 기분이 들 때가 있다. 딱히 보이게 묶은 건 아니어서 풀어 버릴 수도 없는, 그럴 때마다 해독 주술을 외우듯 글을 썼다. '이거 먹고 떨어져라, 이것들아.' 하는 마음이었다. 주술은 꽤 효과적이어서 살림들은 난감한 표정으로 나를 풀어 주곤 했다. 헝클어진 마음이 어떤 심

호흡으로도 자리를 찾지 못할 때 이들의 말 없는 수다로 마음의 윤곽을 가다듬는다. 그걸로 족하다.

그런 살림들의 수다를 받아 적었다. 유치한 사물 의인화 이야기가 될지, 마음의 윤곽을 다듬어 줄지, 보석 같은 답이 될지는 모르겠다. 어느 영역에 있든지 최소한의 다정함으로 다가갈 수 있기를 바랄 뿐이다.

설사 아니어도 괜찮다. 그 살림들 덕에 나는 부산역에도 가 봤고 부산역에서 보이는 바다를 보고 해운대라고 소리 지르는 건 창피한 일이라는 것도 배웠다. 배웠어도 여전히 모르는 게 많아서 연쇄 살생을 저지르기도 한다.

연쇄 살생의 변

꽃집을 30년째 운영하신다는 사장님은 이거 죽이는 사람은 못 봤다며 화분 몇 개를 추천해 주셨다. 사장님이 내게 거짓말을 했기를 바란다. 그렇지 않다면 나는 누군가의 30년 경력도 아작 낼 수 있는 사람임이 증명되니 말이다.

우리 집에 온 모든 화분은 100일을 넘기지 못하고 모두 죽었다. 정남향에 해도, 바람도 잘 드는 집인데도 그랬다. 가전제품들은 조잘조잘 잘도 떠들던데 화분들은 떠들 새도 없이 다 죽어버렸다. 나의 살생력에 이들이 놀라서 숨죽이고 있었는지도 모르지.

그랬던 내 손에서 유일하게 큰 식물이 있다. 마트의 뿌리 대파였다. 초록 부분만 잘라먹고 하얀 대를 심어 놓으면 중파 사이즈로 자랐다. 그걸 잘라먹으면 살찐 쪽파 정도 굵기로 한 번 더 자랐다. 나의 식물 능력은 딱 대파 세 번까지였다.

큰 애는 반려견을 들이자고 10년째 노래를 부른다. 나는 사람만 키운다고 10년째 대답한다. 아이는 어느 날 "대파도 키우잖아!"라고 받아치길래 "대파는 잘라 먹잖아. 강아지 먹을 거야?"라고 했다가 있지도 않은 강아지로 아이의 눈물 바람을 봐야 했다.

집 근처 꽃집에 각종 모종이 들어왔다. 아이는 눈을 반짝이며 대파 옆에 상추를 심겠다고 말했다. 사춘기 초입 아이 눈빛이 이토록 빛날 수 있는지, 이 빛남은 핸드폰 할 때만 있는 줄 알았는데 상추에도 남아 있었다. 감동한 나는 앞뒤 없이 허락했다. 상추가 어떤 작용을 거치면 해바라기와 봉선화를 데려오는지는 모르겠지만, 그래서 대파를 뽑아야 할 지경에 오긴 했지만 모른 척했다.

아이에게 자아가 생기면서 나와 멀어지는 듯한 기분이 들 때가 많았다. 아이 말대로 정말 강아지라도 들이면 공통분모가 생겨서 이 거리감을 해소할 수 있을까 싶기도 했다. 그렇지만 그 생각의 끝은 늘 죽어 나간 화분들이었다. 생명을 들이는 무거움은 내가 감당할 영역이 아니었다.

아이는 응원과 위로, 지지의 말, 공감대 등의 어려운 숙제를 내게 하나씩 던지고 있다. 아이의 정리되지 않은 전두엽은 그 숙제를 별로 우아하지 않은 방식으로 내게 풀어냈고 나 역시 그 방식에 발끈하는 날도 많았다. 방식 너머의 진짜 마음을 먼저 읽어야 한다는 건 내게 그저 머릿속 이론이었다. 마음까지 내려오지 않았다.

내려오지 않던 이야기들이 상추와 해바라기 새싹 앞에서 조금씩 내려온다. 내가 살림을 돌보듯 아이는 식물을 돌본다. 아이는 돌봄의 이야기를 내게 건네고 나는 아이가 배우는 돌봄을 대견하게 바라본다. 직관적으로 보이는 터라 머리에서 마음으로 내려오고 말고 할 것도 없다. 반려 식물이라는 말이 그래서 나오나 보다.

지난주에 첫 상추 수확이 있었다. 너무 여리여리한 연둣빛이라 과연 얘네가 얼마나 살지 모르겠는 걱정으로 상추를 땄는데 생각보다 단맛이 나서 놀랐다. 봉선화와 해바라기에 올라온 떡잎도 키가 훌쩍 컸다. 꽃을 볼 수 있을 거란 기대까진 없다. 기대가 없어서인지 더 애틋했다.

아이가 추가로 데려온 애플민트는 내가 연쇄 살생범이 아닐지도 모른다는 희망을 주기도 했다. 애틋함만 주는 줄 알았던 식물이 이런 격려를 보내기도 한다.

나는 연쇄 살생범이 아닐지도 모른다

아이가 애플민트를 사 왔다. 허브 중에서 생명력이 가장 강하다고 했다. 30년 경력의 화원 사장님이 보증하는 화분도 다 죽이는 마당에 이 작은 허브의 강함은 내게 와닿지 않았다.

며칠이 지났다. 애플민트는 쑥 키가 큰 것도, 잎 가장자리가 까맣게 말린 것도 생겼다. 까만 잎을 떼 주고 너무 키가 큰 건 잘라 줬다. 자른 가지가 너무 싱싱한데 차마 버릴 수가 없어서 물컵에 꽂았다.

며칠 후, 물컵의 애플민트에 하얀 뿌리 세 개가 쪼로록 올라왔다. 잔뿌리라고 하기에는 본인 줄기보다 더 굵게 올라와서 꽤 의미 있는 뿌리로 보였다. 뿌리 삼총사는 근엄하게 말하는 것 같았다.

"봐, 내가 이 정도야. 네가 너무 성의 없이 꽂아서 확 죽으려다가 너 한 번 가르치겠다고 내가 이렇게 살았다고."라며 빳빳하게 뻗고 있었다. 이 집에서 살 수 있는 허브라니, 너는 정말 어디가서든 잘 살겠구나 싶은 마음에 애플민트가 달리 보였다.

애플민트의 난데없는 씩씩함은 내게 그저 '좋다.'로 끝나지 않았다. 놀람과 대견함, 기특함과 책임감, 귀여움 등으로 이름 붙여지는 많은 감정들이 따라왔다. 아이들이 학교에 가면 제일 먼저 애플민트를 들여다봤다. 며칠 만에 물컵에서 뿌리를 내린 모습을 발견했을 때의 경이로움은 없었지만 그 경이로움 10퍼센트 분량의 작은 행복이 거기에 있었다. 그 작은 행복이란 일종의 방어벽이었다. 이 집에 들어온 식물 생명체를 다 죽여 버린 기억이 어느 때는 난폭한 침입자 같았는데 이 작은 애플민트가 그 침입자들을 방어하고 있었다.

행복은 명사가 아니라 동사에 가깝고 감정이 아니라 태도에 가깝다고 한다. 애플민트는 행복의 동사와 태도를 정확하게 알려 준다. 혼자 있는 시간이 시작될 때 제일 먼저 베란다의 애플민트를 확인하는 것, 밤새 장식장 위에 올려져 있던 애플민트 물컵을 창가로 옮겨 놓는 것 모두 내가 하는 동사다. 옮겨 놓으며 나도 모르게 한 마디씩 한다. "밤새 잘 있었어? 똥손 주인을 지켜 줘서 고마워."

애플민트는 새끼손톱보다 작은 잎에서도 특유의 향기가 난다는 걸 알게 되었다. 물컵 속 애플민트를 하나 따서 레몬차에 넣고 언제 향이 올라올까 간질거리는 마음으로 기다린다. 작은 잎의 향기를 발견하는 일도, 기다리는 일도 모두 나의 태도다.

동사와 태도가 만드는 행복은 조용했지만 확실했다. 애플민트는 내가 혼자 있는 아침 시간을 몽글몽글하게 채운다. 항상 3배속으로 흘러 버려서 아쉬운 혼자만의 시간이 애플민트 행복으로 달콤한 공기가 됐다.

애플민트를 곁에 두면서 연쇄 살생의 변을 한다. 대파도 안 죽였고 애플민트도 안 죽였다고, 나 이 정도면 연쇄 살생에서 조금은 벗어날 수 있지 않겠냐고 아무도 안 듣는 변론을 한다.

어제는 낮 기온이 30도까지 올랐다. 그 기운으로 아카시아 꽃이 더 많이 피었나 보다. 오늘 아침은 낮게 깔린 구름 사이로 어디선가 아카시아 향이 넘실거린다. 초여름을 닮은 바람이 애플민트에 내려앉자 아침이 또 말랑해진다. 죽지 않은 식물이 주는 이 말랑함을 오래 누리고 싶다. 나는 연쇄 살생범이 아닐지도 모른다.

미니멀 라이프가 최고라는 착각

살림 이야기하는 사람치고 미니멀 라이프를 안 하는 사람이 없었다. 살림 글을 쓴다면 나도 미니멀 라이프에 엉덩이 한쪽은 걸치고 있어야 하지 않을까 해서 책을 좀 들춰 봤다.

어떤 책은 일어나자마자 침구를 정리하는 게 미니멀 라이프의 시작이라고 했다. 일어났으니 다시 잠자리에 들기 전까지 침대에 누울 일이 없다는 게 그 이유였다. 척추 하나하나에 올올이 닿는 매트리스의 포근함을 고작 7~8시간만 누리라니, 너무 야박하지 않은가. (4~5시간 자는 건 아예 해 보지도 않은 일이라 논외로 한다.) 직립보행 아니면 호모누워엔스 둘 중 하나로 사는 내게 미니멀 라이프는 시작부터 막혔다.

미니멀 라이프에서 공통으로 나오는 건 '매일 조금씩'이다. 일단 다 정리한 후 그다음부터 매일 '조금씩' 하면 깨끗한 집이 유지된다고 했다. 호모누워엔스에 이어 또 미션임파서블이다. 일단 나는 '매일' 자체가 스트레스였다. 설사 '매일' 한다 한들 '조금씩'으로 유지되지 않았다.

살림살이 자체를 줄여 버리면 된다는데 나 말고 셋이나 더 있는 집에서 내 마음대로 살림을 줄일 수는 없었다. 미니멀 라이프 기준으로는 그런 말은 변명이다. 대놓고 변명이라고 하지는 않는다. 우아하게 한참을 돌려 말해서 읽다 보면 '내가 게으르구나.' 싶은 자책감도 든다. 한참 동안 좌 게으름, 우 자책감에 결박당해 버둥거렸다. 그때의 나는 여유 없는 패잔병이었다.

패잔병의 패배감에 젖어 있던 어느 날, '미니멀 라이프의 저자들이 모든 집을 들여다본 게 아니다.'라는 섬광이 스쳤다. 그들의 기준이 꼭 나의 기준이 되라는 법이 없다. 공개된 모든 콘텐츠는 편집을 거칠 수밖에 없고 편집 뒤의 날 것은 아무도 모를 일이다. 나는 날 것인데 상대는 편집으로 나온다면 애초에 비교할 수 없는 판이다.

발을 담근 것도 안 담근 것도 아니었던 미니멀에서 깨끗하게 발을 뺐다. 2021년 통계청 발표 기준 2인 이상이 사는 대한민국 살림 가구가 2천만이 넘는다는데 그 다양함을 책 한 권에 어찌 담을 수 있을까. 그러니 굳이 얽매일 이유가 없다. 호모누워엔스를 더 격렬하게 하기로 했다. 그렇게 생긴 여유는 방향 없이 후끈 달아오르기만 했던 빽빽한 공기를 식혀 줬다.

미니멀 라이프가 최고라는 착각은 안 그래도 피곤한 삶을 더 피곤하게 한다. 그런 기준도 있구나를 아는 정도에서 내게 맞는 스타일을 찾는 게 중요했다. 그러니 미니멀 라이프가 아니어도 괜찮다. 내가 할 수 있는 만큼만 하면 된다. 그 어렵다는 스테인리스 프라이팬도 쓸 수 있으니 그 정도면 된 거 아닌가.

스뎅프라이팬의 비밀

스테인리스 프라이팬이 표준어인데 이렇게 쓰면 다른 물건 같다. 그래서 스뎅 프라이팬이다. 코팅 팬 쓰는 사람에게 스뎅 팬 얘기하면 제일 먼저 나오는 말이 있다.

"아, 계란 프라이 하는 데 10분 걸리는 걸 어떻게 쓰냐!"

맞는 말이다. 운 좋으면 배달 식사가 도착할 수도 있는 10분에 고작 계란 프라이 한 개라니. 우주적으로 비효율이다. 때문에 아주 오랫동안 코팅 팬만 썼다. '우리 코팅 재질은 어쩌구와 저쩌구 성분으로 안전합니다.'를 굳게 믿었다. 흠집이 조금이라도 나면 가차 없이 버리고 새로 샀다. 그 흠집에서 이러쿵저러쿵이 나와서 해롭다고 하니까.

아이가 태어났다. 어쩌구저쩌구 이러쿵저러쿵이 영 신경 쓰였다. 저 코팅에 뭔가가 있긴 있다는 거잖아? 스뎅을 다시 살펴본다. 영구적이란다. 벗겨지고 말고 하는 게 없다. 도전해 보기로 한다.

스뎅 팬을 처음부터 잘 써 보겠다며 비장하면 백발백중 망한다. 스뎅 팬을 꺼낼 때 얘도 도도하게 말한다. "아, 너 신입이지? 그럼 오늘은 망할 거야."라고 아예 못을 박는다. 그의 말을 인정할 수밖에 없다. 스뎅 팬의 첫 계란 프라이는 십중팔구 가루 프라이가 된다. 눌어붙은 걸 팔 아프게 닦아야 한다. 얼얼한 손목을 달래며 '코팅에 그냥 계속 속을까.' 하는 마음도 올라온다.

스뎅 팬 예열이 중요하다고 해서 팬을 올려놓고 '지금쯤이면 예열이 됐을까? 더 할까? 말까?' 식의 고민을 하면 망함발 특급 열차다. 스뎅팬이 연기를 솔솔 밀어 올리며 나를 부를 때까지 무심히 다른 일을 해야 한다.

딴 일을 하다가 후끈 열기가 느껴지면 불을 잠깐 끄고 기름 둘러 재료를 올린다. 제대로 달궈졌을 때 나는 치이이익 하는 소리, '너무 뜨거워서 팬에 붙지 못하겠어.'라고 말하는 재료의 언어다. 그럼 스뎅 요리 성공이다. 그 재료의 언어들이 들리는 정도가 되면 스뎅팬 위의 기름은 아주 적은 양으로도 얇고 빠르게 확 퍼진다. 그 위에서 깨끗하게 미끄러지며 부쳐지는 음식들을 보면 일종의 쾌감이 느껴진다.

얼레벌레 스뎅 팬에 익숙해지면서 '그냥력'을 생각한다. 하기 전에 이러쿵저러쿵 머리로 생각하는 많은 일들, 하고 있는데 어쩌구저쩌구 들어오는 태클들. 이러쿵저러쿵 어쩌구저쩌구에 일일이 화답하다 보면 화병이 먼저 난다. 그래서 그냥력이 필요하다. 슬램덩크 감독님도 "생각을 너무 많이 하면 움직이질 못합니다." 라고 말했다. 스덩 팬에서도, 농구에서도, 위법이 아닌 일상 대부분의 일에서도 다 적용되는 말이다.

머릿속에서, 주변에서 뭐라고 하든 말든 그냥 하는 것, 하는 것에 대한 옳고 그름을 따질 에너지조차 아껴서 그냥 하는 것 말이다. 일단 한다면 결과는 안 좋을지 몰라도 '한다.'라는 실행력이 확보된다.

확보돼도 망한다. 세상이 그리 쉽지 않은 거 다 알지 않는가. 상관없다. 망함을 기본값으로 두면 진짜 망해도 산뜻하다. 망하고 실행력 한 스푼 얻었다 친다. 그 한 스푼이 언젠가 나를 도울 거라 믿는다.

살림이 내게 말을 걸면 그냥 무시해 버리지 않고 잘 듣는다. 살림의 시간이 십 년 넘게 쌓이니 이들의 이야기를 그냥 넘기기에는 뭔가가 자꾸 쌓인다. 다른 걸 그냥력으로 넘기고 그렇게 절약한 에너지로 살림들의 이야기를 듣는다. 그냥력은 집중할 것과 버릴 것을 구분해 주는 척도가 되기도 한다.

살림을 처음 할 때는 그 구분을 못해서 배신당하기도 하고,

착각 속에 살기도 했다. 착각으로 돈을 날렸고 민사소송까지도 심각하게 고려했다. 창피해서 말하지 못했던 14년 전의 이야기, 이제야 풀어 본다.

마법의 세척기

지금은 살림 인플루언서가 있다면 14년 전에는 살림 파워 블로거가 있었다. 신혼살림을 시작한 지 얼마 안 되는 나는 그런 사람들이 쓴 글들을 다 따라 했다. 아무리 따라 해도 나의 살림은 그들처럼 빛나지 않았다. 그래도 언젠가는 성공할 거란 헛된 기대로 계속했다. 주제 파악이 이렇게나 중요합니다, 여러분. 내가 그때 그 열정으로 될성부른 일을 했어야 했는데 말이다.

그들 중 한 명이 광고하는 '잔류 농약을 모두 없애는 세척기'는 랜선 줄서기를 하면서까지 사들였다. 마침 첫 아이 임신 중이었고 아이에게 깨끗한 음식을 해 먹이겠다는 의지가 하늘을 찌르고 있을 때다. 앞뒤 없는 의지는 이렇게나 위험합니다, 여러분.

가전이 멍청해 보일 수도 있다. 그 세척기가 딱 그랬다. 첫인상은 '이거 탈수기인가?' 싶을 만큼 그저 윙윙 돌아가는 게 전부였으나 들인 돈이 있어서 '어디 불경한 생각을!'이라며 스스로를 꾸짖었다. 잘 모르는 건 오히려 첫인상이 정확할 수 있다는 말은 진리입니다, 여러분.

수돗물 성분이 안 좋기 때문에 그 세척기에 수돗물을 넣고 돌려서 쓰면 신생아 목욕에 그렇게 좋다는 말을 들었다. 나 역시 신생아 엄마였기에 아이를 위해 꼭 그리하리라! 다짐했지만 초보 엄마에게 하루는 너무 긴데 짧았기에 물을 따로 만들어 쓸 만큼의 여력이 없었다. 누구는 시가에 갈 때 세척기를 싸 들고 가서 거기서도 물을 만들어서 애를 씻긴다는데 집에서도 못하는 걸 거기까지 가서 할 수는 없을 거 같았다. 못하는 나를 한참 자책했다. 나를 내가 바보 만드는 방법은 이렇게도 다채롭습니다, 여러분.

잔류 농약을 없애 준다고 했는데 얘가 다 돌아간 후에는 생전 처음 맡는 이상한 냄새가 났다. 불경할 수 없어서 꾹 참고 계속 썼는데 나중엔 그 냄새 때문에 머리가 아팠다. 세척기는 결국 사흘 만에 다용도실에 처박혔다.

몇 달 후, 그 세척기 구입자들의 민사소송이 진행된다고 했다. 두통을 일으키던 그 냄새가 오히려 유해 물질이라고 했다. 세척기를 살 때는 내가 정보 검색을 잘하는 똑똑한 사람인 줄 알았다. 아이 목욕물을 만들지 못할 때는 나의 게으름을 탓했고 머리가 아플 때는 좋은 걸 줘도 쓸 줄 모르는 촌스러운 사람인 줄 알았다. 민사소송이 진행될 때는 일찌감치 포기한 나를 칭찬했다. 자기 합리화가 이렇게 적극적일 수도 있습니다, 여러분.

다른 파워 블로거의 신박한(이라고 쓰고 검증 안 된) 뭔가를 사고 싶을 때마다 그 세척기는 먼지를 뒤집어쓴 채 짧고 굵게 한 마디씩 던졌다.

"그게 나 같지 않다는 보장이 있어?"

다용도실 문을 열 때마다 덩치 큰 그가 보였으니 어쩔 수 없이 그의 말을 매일 들었고 나는 신제품의 홍수에서 지갑을 지킬 수 있었다.

수학자 푸앵카레는 '다 의심하거나 다 믿어버리는 것, 이는 둘 다 아주 손쉬운 해결책이다. 어느 쪽이든 생각하는 수고를 덜어 줄 테니 말이다.'라는 말을 했다. 그의 말을 빌리면 세척기 시절의 나는 다 믿어 버렸고 세척기 이후 시절의 나는 다 의심하는 사람이었다.

1910년 초까지 살았던 푸앵카레는 다 의심하지 않으면 마케팅에 놀아나는 세상이 있다는 걸 잘 몰랐을 것이다. 그러니 그의 말을 이제는 좀 바꿔 보려 한다. 다 의심하는 것은 호갱님을 피하는 첫 번째 방법이라는 것, 다 믿어 버리는 건 돈 주고 쓰레기를 사는 일이 될 수도 있다.

마법의 세척기는 농약을 없애지는 못했지만 물욕을 없앴으니 나름 마법이라고 치기로 했다. 그것조차 없이 쓸데없는 물욕을 없앨 수 있으면 더 좋았겠지만 아니어도 괜찮다. 홀리듯 사지 않는다는 흐름을 탔으니 그걸로 됐다.

그렇게까지 짜낼 때 생기는 일

잔류 농약 세척기를 재활용 코너에 버리고서 몇 달 뒤, 내게 잔소리하는 가전이 없어서 그랬는지 나는 또 그 블로거의 공동 구매에 속절없이 콩닥거렸다. 두어 번 콩닥거린 후 우리집엔 착즙기가 도착했다. 이유는 누가 봐도 훌륭했다. 입 짧은 아이를 위해 엄마표 무공해 주스를 만들어 줘야 했으니 말이다.

착즙기는 생각했던 것보다 세 배 이상 무거웠다. 자칫 잘못 떨어지면 발등이 완전 박살날 만큼의 무게였다. 행여 아이에게 떨어질까 봐 착즙기를 쓸 때 아이가 주방으로 올라고 하면 괴성을 지르며 아이를 막았다. 나는 아이를 보호하기 위해서였는데 아이는 그럴 때마다 서럽게 울었다. 우는 아이를 보면서도 "잠깐만 있어 봐, 엄마가 진짜 좋은 거 줄게." 하며 착즙기를 먼저 달랬다.

파워 블로그에서 볼 때는 확신했다. 나는 끝내주는 착즙기 덕에 가족 건강을 책임지는 스마트한 주부가 되어야 했다. 그 스마트 주부는 어디 가고 쌓여 가는 음식 쓰레기와 깔끔하게 씻기지 않는 착즙기 내부와 무턱대고 샀다가 시들어 가는 야채들이 남왔다. 어디서부터 잘못됐을까.

착즙기는 아무 말도 하지 않았다. 대신 몇 달 전에 버린 세척기가 환청처럼 다시 말하는 것 같았다. "그게 나 같지 않을 거란 보장이 없다니까?"

세척기는 유해 물질이 나온다고 했으나 이건 내가 넣은 과일과 야채 말고는 다른 게 나올 리 없으니 세척기의 말을 애써 무시했다. 그랬는데 이번에는 어떤 의사의 인터뷰가 내 뒷덜미를 잡았다.

"착즙기로 갈면 섬유질이 없어집니다. 섬유질은 우리 몸에서 아주 중요한 역할을 하는데 그걸 착즙기로 다 없애버리면…"

의사 인터뷰 위로 세척기가 팔짱을 끼고 내게 말을 거는 것 같았다. "거보라고, 내 말이 맞잖아."

착즙기가 아니어도 괜찮았다. 아이는 그냥 생과일을, 그냥 야채를 더 잘 먹었다. 당연한 일이었다. 이유식을 시작한 아이는 색깔만 남은 즙보다는 촉감과 모양이 그대로 있는 먹거리를 더 좋아했다.

착즙기는 창고에 박혔지만 내가 또 무슨 공동 구매에 귀가 펄

럭일 때 익숙한 말로 내 뒷덜미를 잡았다. "그게 바로 나야. 나처럼 될 거야. 나처럼 될 거야. 될 거야. 거야… 거야…"

10년간 쓰지도 않으면서 그의 말을 오래 듣기 위해 끌어안고 살았다. 십 년쯤 지나니 굳이 얘의 잔소리가 없어도 흔들리지 않을 자신이 생겨서 그제야 버릴 수 있었다.

세척기와 착즙기가 그토록 목놓아 부르짖어서 나는 이제야 최신 문물이 아니어도 괜찮음을 알게 됐다. 최신 문물을 부러워하지 않고, 그거 없이도 부족함을 못 느끼는 그런 사람이 진짜 어른일 거 같았다.

그것이 멈추면 SNS가 바뀐다

세탁기와 건조대 세트를 사고 싶은 마음에 지금의 세탁기가 빨리 명을 다하길 바라는 몇 달이 흘렀다. 그럭저럭 익숙해졌는지 별 생각이 안 들 무렵, 세탁기가 탈수를 끝까지 못하고 오류 알람을 울려 댔다. 이제 정말 애가 죽으려는 건가.

탈수 안 된 빨래를 방치한 채 검색을 했다. 검색을 한다면 응당 가격과 성능을 따져야 할 텐데 나는 디자인 먼저 보고 있었다. 파스텔 톤의 세탁기-건조대 세트로 정리된 다용도실을 상상하느라 그랬다. 상상의 이유는 SNS의 사진이다. 무심한 듯, 그러나 '최신형 가전이 반짝거리는 곳, 남에게 보일 일 없는 다용도실마저 이렇게 고급스럽답니다.'를 사진으로 내뿜고 싶은 마음이 내게 있었다.

아무리 예쁜 걸 고른다 해도 당장 오늘치 빨래의 탈수가 안되면 골치 아픈 일이기에 전원을 껐다 켜서 탈수 버튼을 다시 눌렀다. 그러고서 또 디자인의 세계에 빠져 있는데 오 분도 지나지 않아 알람이 나를 부른다. 딩동 딩동, 이번에는 알람에 가사가 붙었다.

"그게, 대체, 무슨, 의미, 정신, 차려, 방법, 있어!"

그제야 바닷가 다녀온 후 수영복을 세탁기에 돌렸다는 게 생각났다. 바닷가 모래를 털었다 한들 완벽하게 털리지 않았을 터, 그런 수영복 4인분을 세 번이나 돌렸으니 세탁기가 분명 힘들었겠다. 세탁기의 노래대로 나는 방법을 이미 알고 있었다. 배수구 뚜껑을 열었더니 모래 찌꺼기가 쏟아져 나왔다. 한참을 꿀럭이며 모래를 뱉어 낸 세탁기는 더 이상 알람을 울리지 않았다.

배수구에서 쏟아진 모래와 깨끗해진 배수구 뚜껑을 사진 찍어 SNS에 올렸다. SNS를 한다는 건 똑같기에 남들이 보면 다른 게 없어 보일 수 있으나 적어도 내겐 달랐다.

파스텔 톤 가선 세트를 올릴 상상을 하던 나는 타인에게 내가 어떻게 보일까가 기준이었다. 배수구 뚜껑을 찍는 나는 내가 간직하고 싶은 빛나는 순간이 기준이었다. 나중에 또 세탁기가 힘겨워할 때 냅다 새로운 디자인을 검색하는 게 아니라 살릴 수 있을 만큼 살려 보겠다는 나의 의지이기도 했다. 14년이나 썼으면 버리고 새 걸 사는 게 경제 순환에도 좋다는 말 또한 흘려듣겠다는 의지다.

촌스러워도 괜찮다. 고급진 다용도실이 아니어도 괜찮다. 더 이상 복구할 수 없을 때까지 쓰겠다는 다짐, 세탁기 탈수 오작동의 딩동딩동 알람이 가사를 붙여서 내게 가르쳤다. 세탁기가 부릅니다. "딩동딩동, 정신, 차려, 방법, 찾아!"

내 눈에 흙이 아니 모래가 들어갔...
그렇다고 내가 물러설 줄 아느냐!!!

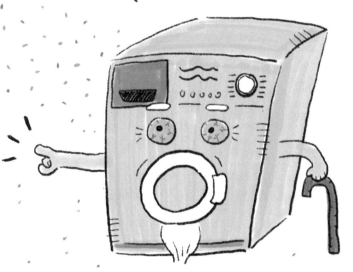

딩동 딩동
정신 차려
방법 찾아

큰 사람이 될거라는 착각

살림 중에서 싫은 걸 고르라고 하면 음식물 쓰레기 처리다. 그러니 음식물 쓰레기가 처음 모이는 싱크대 배수구는 싫음의 원조다. 배달 음식을 시켜도 마주쳐야 하니 완벽하게 굶지 않고서는 피할 수 없었다.

어떤 살림 책에서 싱크대를 큰 그릇으로 생각하고 매일 닦으라고 했다. 같은 이유로 배수구까지 그냥 그릇의 하나로 보고 설거지할 때 같이 닦으라고도 하더라. 보자마자 제일 먼저 든 생각은 '알뜰하게도 부려 먹네.'였다. 어떻게 매번 그럴 수 있냐, 하면서 책을 던져 버렸다.

나는 분명 던진 거 같은데 안 던졌나. 설거지 회로가 다른 전류를 타고 있다. 그날부터 나는 자꾸 싱크대에 안 하던 짓을 했다.

첫날은 배수구 통을 꺼내서 과탄산에 삶았다. 삶은 물로 싱크대를 닦았다. 다음 날엔 싱크 볼과 배수구를 행주 비누로 쓱 닦았다. 그릇 엎어 놓듯 배수구 통도 엎어 놨다. 아침에 보니 뽀

송하게 말라 있다. 바뀐 회로에 불이 반짝! 들어왔다. '어맛! 나 왜 이거 좋아?'

닦아 놓고 보니 싱크 볼이 더 넓어진 것처럼 보인다. 환각에 이은 환청일까. 싱크 볼이 범위에 대해 말을 한다.

"아예 확 넓혀서 보는 건 어때? 단지 넓어졌을 뿐인데 답이 나오기도 하거든."

중년으로 들어오면 인생에 대한 터무니없는 기대가 정말 터무니없었음을 종종 확인한다. 나에 대한 기대가 달궈진 프라이팬의 물방울 하나처럼 흔적도 없이 증발한다. 그렇다고 이제 아무 기대 없이 무미건조한 노년을 기다려야 한다면 그것 또한 못할 일이다. 그러니 이제 다른 방식의 기대가 필요하다.

싱크대가 가르쳐주는 '크게 보기'를 따라가 본다. 다른 존재에 대한 상상을 넓혀가는 일, 관성대로 해 오던 일을 의심하며 다른 방법 혹은 방향을 찾을 수도 있다는 기대, 그전까지의 기대가 죽어라 나에게만 향했다면 이제부터의 기대는 좀 더 넓은 쪽을 향한다.

결국, 중년은 삶에 대한 태도를 다시 쓰며 회로를 바꿔야 하는 나이일지도 모르겠다. 설거지의 회로가 바뀌듯이 말이다. 바뀐 회로가 잘 연결돼서 뽀송한 배수구를 보고 설거지 회로의 불이 반짝 들어오는 게 새로운 경험이었다. 내가 몰랐던 태도의 불이 반짝! 하기를 기대한다. 그런 반짝이 모이면 더 나이 든 중년에는 더 큰 사람이 될 수도 있지 않을까, 하는 기대를 한다.

오늘도 싱크 볼은 큰 그릇답게 제일 말갛게 씻겼고 배수구는 뽀송하게 저를 돌보고 있었다. 그들의 변화를 보니 나 역시 변화해서 새벽에도 벌떡 일어나서 그 이름도 찬란한 미라클 모닝을 할 수도 있지 않을까 하는 상상을 아주 잠깐은 했다. 물론 미라클 모닝을 할 수 있는 사람이 아니어도 괜찮다. 매우 괜찮아야 한다.

미라클 모닝이 아니어도 괜찮아

할머니는 수술 전까지 늘 새벽 예배에 나가셨다. 길석 님이 같이 나가지 않는 걸 은근 서운해했지만 길석 님은 귓등으로도 안 들었다. 나는 할머니 편이었다. 그렇다고 내가 새벽 기도를 따라가지는 않았지만.

길석 님은 새벽 다섯 시에 일어나 청소를 하고 여섯 시에 나가는 남편의 밥을 차렸다. 일곱 시에 일어나는 딸들과 시어머니의 아침상을 차리며 점심을 미리 준비했다. 밥 먹고 있는 나와 동생의 머리를 쫑쫑 땋아 주고 일곱 시 반에 출근했다.

출근하면서는 현관 바닥을 닦고 그날 아침과 전날에 나온 쓰레기를 버렸다. 주택에 살 때는 마당 청소도 저 일과 어디쯤에 있었다. 할머니가 뭘 시키지는 않았다. 시키기 전에 모든 살림이 제자리에서 고요했다.

할머니는 여덟 시 반에 잠들어서 새벽 네 시 반에 일어나는, 새벽 예배에 최적화된 사람이었다. 할머니에게 새벽 기도는 당연했다. 길석 님에게 새벽 예배가 당연했다면 사람 잡는 새벽이었을 거다. 길석 님이 귓등으로도 안 들은 게 아니라 살기 위한 본능이었다는 걸 이제는 알겠다.

나는 그 시절의 길석 님보다 나이도 많고 가방끈도 긴데 출근은 주 1회다. 그러면서 길석 님 반의반도 못 따라간다. 할머니는 "느이 엄마는 지나가기만 해도 집이 깨끗해져."라고 했는데 내가 지나가면 빠진 머리카락으로 길이 생긴다. 현관에 머리카락과 먼지가 쌓이기 시작하면 청소가 아니라 도망가고 싶어진다. 대체 죽어라 정갈했던 그런 집은 어떻게 만드는 건지.

새벽 예배는 할머니 편이었을 때도 못 따라갔고 길석 님 편인 지금은 당연히 못 간다. 랜선 미라클 모닝이 교관 지휘봉을 휘두를 때도 용케 피했다. 새벽을 아웃시키는 건 간단했다.

살림은 그게 안 됐다. 잘하지 못했고, 못한 결과물로 나는 나 혼자 눈치를 봤다. 내 기준은 이미 길석 님 버전의 정갈함이어서 해도 눌렸고 안 해도 눌려서다. 살림 노동 십 년이 지나고 엉뚱하게 살림과 대화하면서 내게 맞는 버전으로 다시 세팅을 한다.

길석 님 기준을 하나씩 버렸다. 이제는 길석 님의 정갈함을 그저 추억한다. 그걸 내 현실로 끌고 들어와 끼워 맞추지 않는다. 대신 길석 님이 무조건 혼자 다 했던 일들을 식구들과 나눈

다. 쓰레기 분리수거를 아이들에게 가르치고 남편에게 밀키트 조리를 시킨다. 길석 님 버전의 정갈함과는 거리가 멀지만 내 기준의 정갈함을 다시 만들고 이게 맞다고 믿어버린다.

길석 님은 "이번 주에 새벽 예배를 두 번 밖에 못 갔어." 대신 "두 번이나 갔어."라고 말한다. 내가 가져가야 할 기준은 바로 이거였다. 나는 이번 주에 저녁밥을 세 번이나 했어! 식의 기준, 살림하는 사람이 1년 365일 붙박이로 그림자 노동을 하지 않아도 죄책감을 느끼지 않는 그 어딘가의 기준을 만든다. 새벽에 일어나지 않아도, 잡지에 나오는 집 같지 않아도 다 괜찮다. 그렇게 나는 살림을 못하지만 잘한다.

못하는 살림을 잘하면서 나를 키운 사랑에 대해 새삼 돌아본다. 나는 당연한 사랑을 받은 완벽한 존재가 아니라 큰 사랑을 받은 불완전한 존재임을 아는 것, 그러니 사랑은 더 나눠야 하고 존재의 불완전함은 더 인정해야 했다. 그런 단순한 진리를 그 시절과 지금의 살림을 만나며 마음에 새긴다. 나를 키운 그 사랑 때문에 나의 집을 가장 부유한 집으로 알고 살았기에 더 그렇다.

가장 부유한 집

할머니와 나와 길석 님은 13년 동안 일곱 번의 이사를 했다. 그중의 반은 아빠 해외 장기출장 동안 다닌 이사다. 나는 다섯 번째 집부터 기억한다. 그 집은 거실 천정이 유난히 높아 연탄보일러가 소용없게 싸늘했다. 열린 방문 사이로 찬바람이 휙 들어오는 10월부터 4월까진 "방문 닫아!"가 가장 많이 들리던 집이었다.

방문 닫고 뒹굴거리다가 길석 님의 밥상 준비에 코를 벌름거리며 "오늘은 김치찌개, 계란말이."라고 맞추면 "야는 아무 냄새 안 나도 맞추는 게 신기혀."라고 말하며 같이 코를 벌름거리는 할머니가 있던 집이었다.

무릎 아픈 할머니의 유일한 외출은 보일러실 연탄 갈기였다. 혼자 가면 5분으로 될 일이 따라붙은 손녀들 잔소리로 30분까지 늘어나도 싫은 소리 한번 없던 할머니가 있던 집이었다.

유치원도 못 다녔던 나는 하루에 한 장씩 배달되는 학습지 아이템플을 했다. 할머니는 잘했다며 번호마다 빨간 동그라미를 그려줬다. 그 동그라미가 자랑스러워서 뚱뚱한 금성 텔레비전 뒤의 큰 창문에 한 장씩 붙였다. 그날 바람에 따라 동그라미 안에 들어오는 창밖 나뭇잎 그림자 개수가 달라지는 게 재미있어서 매일매일 확인하게 되던, 그런 집이었다.

나의 아이들은 아이템플 대신 컴퓨터로 온라인 숙제를 한다. 연탄 갈러 나갈 일도, 시험지에 나뭇잎 그림자가 어른거릴 일도 없는 고층 아파트다. 그런데도 서늘한 바람이 훅 들어오는 날이면 "방문 닫아!"라고 외치던 집이 훅 그려진다.

그 집을 떠올리면 계절을 담뿍 담은 바람 사이 연탄실의 매캐한 냄새마저 그림 같다. 클릭 하나로 세상 온갖 것이 다음날 현관 앞에 놓여 있는 시대가 결코 만들어 낼 수 없는 그림이다. 이 그림 중심에 있던 할머니는 지금보다 뭐든 부족하던 그 시절을 가장 풍요로운 시절로, 가장 부유한 집으로 만든다. 부유하지 않아도 부유해지는 마법, 우풍 심한 집이 그렇게도 기억된다. 나의 아이들은 단열 좋은 지금의 집에서 과연 그만큼의 부유함을 그릴 수 있을까.

1928년생 할머니는 사랑을 늘리는 법을 알았던 것 같다. 지식 대신 사랑이 부유함을 만들 수 있다는 걸 본능으로 알고 손녀들에게 베풀었던 마음을 이제야 헤아려 본다. 각종 육아서로

무장한 나의 억지 사랑은 본능으로 알았던 그 사랑을 감히 따를 수 없다.

나는 그때나 지금이나 좋아하는 게 딱히 없는 맹숭한 삶이다. 그런 내게 할머니의 존재는 좋아하는 마음으로 얼마나 유난을 떨 수 있는지 알려 준다. 돌아가신 지 15년이 지났어도 할머니는 그 유난의 마음으로 그 시절의 낡은 집을 가장 부유한 집으로 만든다.

아파트 옥상 끝에 걸린 놀이 잦아들며 어둠이 깔린다. 아이템플 동그라미 속 그림자를 다시 그리며 아이들의 저녁상을 차린다. 그 사랑을 따를 수는 없어도 흉내는 내볼 수 있을 거라며 저녁노을이 나를 조용히 토닥였다.

4

일단 먹고 합시다

거참, 김밥처럼 안 맞네

김밥을 좋아한다. 앱만 열면 온갖 김밥집이 다 나오는 세상이지만, 그래서 종종 사 먹지만 먹을수록 집에서 싼 김밥이 먹고 싶어진다. 결국 구시렁대며 직접 만든다. 이런 류를 위한 전문 용어도 있다. 지 팔자 지가 꼰다는...

나는 내 김밥이 제일 맛있다. 문제는 나만 맛있다. 즉, 김밥을 싸도 학교 안 가는 아이들을 위한 상을 따로 차려야 한다는 뜻이다. 진정한 지팔지꼰이다. 그런즉 김밥, 카레, 짜장 이 세 가지는 일단 해 놓으면 연속 두 끼는 먹어 줘야 하는 음식 아니었던가. 왜 이 집에서는 통하지 않는가. 내가 막 애를 다섯 낳은 것도 아니고 꼴랑 둘인데 이렇게 나랑 안 맞을 일인가.

나는 절대 음감이다. 모르는 노래를 들어도 코드와 계이름을 바로 찾을 수 있다. 실생활에서 하등 쓸모가 없다. 절대 눈썰미는 없다. 실생활에서 매우 불편하다. 덕분에 김밥 재료 분량을 못 맞춘다. 김밥을 말다 보면 이건 있는데 저건 없는 상황. 저걸 보충해서 다시 말다 보면 이번엔 이게 없는, 거기서 끊고 남은 재료는 그냥 볶음밥 하면 되는데 꾸역꾸역 다른 걸 보충하는 되비

우스 띠. 기어코 마트를 두 번 왕복하고 띠를 끊는다.

내가 만든 김밥을 좋아해서 나의 육아도 김밥이랑 비슷한가 싶다. 아이한테 A는 있는데 B가 아쉽다. 그래서 B를 채우다 보면 A가 갑자기 훅 떨어지는 상황. 어미가 건드려서 망했나 싶은 자책감을 갖고 A를 펌프질하면 어디 가니 B야. 육아의 뫼비우스 띠다.

'저 사람은 이거는 딱 좋은데 저게 좀 부족해. 나한테도 이만큼 해 줬으면 좋겠는데 살짝 모자라네. 에이.' 다른 사람을 보며 내가 했던 생각이다.

나의 김밥은 이 모든 관계의 데자뷔이었던가. 우엉, 오이, 계란, 햄은 있는데 단무지와 맛살이 없는 조리대를 보며 딱 떨어지는 만족함에 대해 생각한다. 단무지를 사러 나가야 하나... 할 때 어디서 중얼거리는 소리가 들린다. '그럼 너는? 너는 얼마나 딱 떨어지는데?'라고 김밥이 중얼거리는 것 같다.

엄마표 놀이로 3개 국어를 한다는, 어디선가 읽었던 글이 휘리릭 지나간다. 남친와(남편 친구 와이프)가 집에서 열심히 시장을 분석해서 샀던 부동산에 금빛 소나기가 휘몰아쳤다지. 나는 친구와의 커피 약속을 까먹은 채 계속 잤던 날도 있고, 애한테 데리러 간다고 해놓고 소설 읽다가 시간 놓친 적도 있다. 음, 쓰다 보니 나는 어디 하나를 채워서 딱 떨어지게 만들 수준조차도 안 된다.

거참, 김밥처럼 안 맞는 게 원래 인생이었을지 모른다. 모든 재료를 정확하게 준비해도 옆에 와서 맛살 하나, 계란 지단 하나 날름 집어먹는 애들 때문에 숫자가 맞지 않는 일은 언제나 있을 것이다. 집어먹는 아이가 없다면 내 눈대중이 잘못돼서 안 맞고, 그날따라 밥을 많이 혹은 적게 넣어서 또 안 맞고 그런 일상 말이다.

둘둘 말린 김밥들이 말했다. 적당히 맞추는 삶, 기력이 되면 부족한 걸 더 채워 넣고 안 되면 좀 모자란 대로 맞추는, 없는 걸 보충할 여력이 없다면 있는 걸 잘 다독이는, 그게 인생에서도 필요하다고. 이 단순한 김밥 재료 맞추는 것도 힘든데 인생이 어찌 그리 딱 떨어지겠냐고.

마트에 가지 않기로 했다. 대신 밥에 간을 조금 더 해서 단무지 간을 보충했다. 계란 지단을 두껍게 썬다. 참기름의 넉넉한 보충으로 상황을 봉합해 본다. 내가 단무지가 없지, 맥주가 없냐? 의 호기로 호가든 한 캔을 따서 옆에 둔다.

김밥과 맥주는 의외의 궁합이기도 했다. 호가든이 잔에 쫄쫄 흘러드는 소리가 마치 '원래 안 맞아, 안 맞아.'라고 돌림 노래를 하는 것 같다. 인생도 김밥도 딱 떨어지지 않지만 적어도 김밥과 호가든은 잘 어울렸다. 안 맞는 맞음을 발견하는 눈은 이렇게 키 워지기도 했다.

바나나의 최대 단점을 해결하다

바나나의 최대 단점은 단연코 초파리다. 얄궂게도 바나나가 가장 맛있어지는, 즉 스위트 스폿이라 하는 갈색 반점이 생기기 시작하는 그 순간에 초파리도 같이 생기기 시작한다. 푹 익은 바나나를 먹고 싶지만 푹 익기 전에 먹어야 하는 아이러니, 그걸 해결하는 방법이 있었다.

사자마자 바나나 꼭지를 잘라 버리면 초파리가 생기지 않는단다. 껍질에서 초파리가 생기는 줄 알았던 나는 눈이 번쩍 뜨였다. 꼭지에 초록이 살짝 스며 있을 때 미리 잘라 버렸더니 스위트 스폿이 100개 생겨도 초파리가 안 꼬인다. 바나나 꼭지는 초파리에게 너무나 확실한 스위트 스폿이었던 거다.

인간관계에도 초파리가 꼬일 때가 있었다. 물론 꼭지에 상관없이 꼬이는 초파리도 분명 있긴 하다. "조상님이 슬퍼하셔서 당신의 덕을 막고 있어요."라든가 필요 없다는 다단계 제품 샘플을 억지로 쥐여 주더니 나중에 너무 주문 안 하는 거 아니냐며 서운해하는, 네트워크 마케팅에 꼬인 사람들 말이다.

조상님이 슬프시기 전에 당신이 내게 꼬여서 슬픕니다. 당신이 준 샘플 아직도 그대로 있어서 살 필요도 없고요... 라고 말하지 못하고 그냥 도망가기 바빴다. 그들은 꼭지 상관없는 명백한 초파리였기 때문에 그랬다.

　바나나 초파리를 너무 쉽게 해결한 다음에는 다른 생각이 들었다. 나의 어느 한 부분이 바나나 꼭지가 아닐까.

　인간관계의 초파리를 만나면 그저 재수 없이 걸렸다 싶은 마음이었다. 그래서 '저 사람 너무 이상해. 나는 운이 정말 없구나. 하필 저런 사람을 마주치게 되다니. 더 꼬이기 전에 도망가야지.'라는 생각을 먼저 했다. 진짜 운이 없어서 그럴 수도 있다. 그런데 모든 경우가 다 운이 없어서 그런 걸까. 만일 내가 초파리를 부르는 꼭지를 갖고 있었다면? 내가 먼저 잘라내야 하는 부분도 있지 않았을까, 하는 생각을 바나나 꼭지를 보면서 한다.

　잘라낼 부분 중 하나는 관심이다. 타인의 삶에 무관심해야 한다는 뜻은 아니다. 이타적이고 공동체적인 중심은 늘 갖고 있어야 한다. 그래야 타인의 행복을 응원할 수 있으니까. 잘라내야 할 관심은 굳이 알 필요가 없는 것들에 대한 관심이다. 알 필요가 없는 것들에 대한 무관심은 상대적으로 나를 충전하는 일이기도 하다.

군이 알 필요가 없는 걸 너무 많이 알고 그걸 또 자랑스럽게 떠벌리고 다니는 것도 일종의 초파리다. "글쎄요, 그런 것까지 군이 알아야 할까요."라고 무심히 넘길 때 꼭지 하나가 잘려 나가는 게 보인다.

"둘이 사귄다고? 어머, 남자가 아깝다. 여자가 돈이 많나?" 식의 이야기는 이제 그만 해야겠다. 그저 시작하는 연인을 응원하고 돌아서면 잊어야 한다. 내가 그 여자보다 돈이 많아도 그 아까운 남자가 내게 올 리는 없으니 그런 일에는 더욱 입을 닫아야겠다.

혹시 그들 중 하나가 지인이었고, 내 생각대로 정말 헤어졌다면 "내가 그럴 줄 알았지."라는 소리일랑 집어치우고 술이나 따를 일이다. 기왕이면 숙취 해소제와 택시비를 챙겨 집에 보내 줄 여유가 내게 있으면 더 좋겠네.

소문에 아둔하고 스캔들을 기억 못 하는 사람이 되고 싶다. 알 필요가 없는 것들에 대한 적극적인 무관심이야말로 내게 꼬이는 초파리를 막는 최선책이다. 나아가 쓰레기 기사를 막는 가장 적극적인 관심이 되기도 한다. 가십의 무댓글과 무클릭이 이어질 때 어느 기자가 기를 쓰고 남의 영역을 침범하겠는가.

어두컴컴했던 안개가 걷히고 아침 해가 앞머리를 쓸어 올린 듯 훤히 얼굴을 내밀었다. 스위트 스폿이 다다닥 박힌 바나나와 햇사과를 꺼냈다. 달달한 바나나와 새콤한 사과의 조화가 입속의 햇살을 만들었다. 보이는 초파리도, 안 보이는 초파리도 없는 산뜻한 삶을 꿈꾼다.

오븐 문을 잡아내려줘서 고마워

일하는 곳 근처에 유명한 빵집이 있었다. 언제 가도 계산 줄이 길었다. 줄이 싫은 나는 괜한 오기가 생겼다. 빵은 어차피 밀가루, 버터, 설탕의 조합 아닌가. 그 조합이 뭐 그리 대단하다고 올 때마다 줄을 서야 한단 말인가.

마침 신혼 가전을 알아보고 있었고 마침 친한 언니가 문을 아래로 잡아 내리는 오븐을 칭송하는 참이었다. 언니와 오븐 이야기를 하면서 나는 벌써 파티쉐가 됐다. 나 이제 줄 안 설 거야!

언니가 찍어 준 오븐을 사고 자잘한 베이킹 소품을 들였다. 물론 가격은 자잘하지 않았지만 빵 몇 번만 하면 퉁 칠 일이었다. 빵 반죽을 했던 첫 날, 이만큼의 설탕을 한 번에 먹으면 혈당 네 자릿수로 응급환자 되는 거 아닌가 하는 마음을 애써 눌러야 했다. 이래서 다이어트와 빵은 천적이구나.

언니와 함께 파티쉐가 될 때 나의 감정은 딱 이상향이었다. 신혼 환상 같은 것도 어느 정도 있었겠다. 그 포근한 마음이 온전히 내 것이어서 깨지지 않을 거란 낙관도 있었다. 그 낙관은

폭삭하니 부드러웠다.

오븐 속에서 반죽이 부풀 때 집 전체에 떠다니는 빵 냄새에 취한 나는 한없이 몽글몽글해졌다. 그렇게 나온 나의 빵은 어떤 의미로 놀라웠다. 아기 발바닥같이 보드라운 식감을 생각하며 빵을 구웠는데 사흘간 맨발 행군을 한 군인 뒤꿈치 같은 빵이 나와서다. 아까의 몽글에 삐죽삐죽 각이 생겨서 마음이 깔깔해졌다. 억지로 마음을 다독이고 몇 번을 더 했지만 행군 군인의 뒤꿈치는 꽤 성실하게 출몰했다.

베이킹은 좋은 재료가 중요하대서 프랑스 무슨 버터에 비싼 무슨 설탕에 유기농 밀가루를 샀다. 그 뒤꿈치가 싫어서 버터는 볶음밥에, 설탕은 불고기에, 밀가루는 김치전에 다 써 버렸다. 자잘한 소품들은 찬장 맨 위의 어딘가로 숨어들었다. 오븐은 전자레인지가 됐다.

아래로 열어 놨던 오븐 손잡이가 걷기 시작한 아이에겐 철봉으로 보였나 보다. 잡고 일어서는 아이에게 열어 놓은 오븐은 최고의 파트너였다. 오븐은 제 몸을 내어 주며 아이에게 직립 보행을 선사했다. 나는 수리를 알아보지도 않고 폐가전 수거를 먼저 찾았다. 오븐을 버렸다.

덩치 큰 그 오븐을 치우자 나도 모르게 막혀 있던 마음이 쑥 내려갔다. 괜한 돈을 썼다는 마음, 남들 다 하는 걸 왜 못하냐는 자책 같은 것이 마음에 꺼끌꺼끌하게 배겨 있었다는 걸 그때 알았다. 빵은 못 만들어도 불고기도, 김치전도 잘하니까 상관없지, 라고 말은 했지만 그 말이 마음까지 닿지 못했다. 그러다가 오븐 자리가 비워지고 나서야 조금씩 마음에 닿았다. 그게 뭐라고 몇 년을 숙제 못 한 마음으로 동동거렸을까.

이제는 빵집 줄도 즐겁게 선다. 어마어마했던 설탕의 기억도 잠시 묻어뒀다. 갓 구운 빵이 나오는 시간에 맞춰 가면 빵에 남아 있는 오븐의 온기가 나를 반긴다. 봄볕은 등을 데우고 가슴에 안은 빵 봉지는 마음을 데운다. 계절의 채도가 한 뼘 올라간다. 빵을 안고 가는데 나를 안고 가는 것 같다. 그러면 됐다. 완벽한 풍요를 만끽했다.

계란말이가 '고작'일 때 생기는 일

25년 전, 첫사랑에 실패한 남사친이 술독을 분연히 떨치고 일어나 두 번째 연애를 시작했다. 어느 날 내게 전화한 그는 입꼬리가 광대를 뚫고 있는 목소리로 말했다.

"살림을 또 얼마나 잘하는지 몰라. 너 계란말이 못하지? 계란말이가 예술이야. 넌 계란말이 못해서 시집을 못 갈 텐데 어쩌냐, 흐흐."

어, 그러니까 네가 새로운 사랑을 시작한 긴 응원해. 그런데 네 연애 자랑이 왜 나의 결혼 걱정으로 끝날까. 더군다나 우리 이제 스물하나밖에 안 됐는데? 라고 말하지 못했다. 내가 대놓고 핀잔주면 질투하냐? 이러며 더 뺀들거릴 거 같아서다. 적당히 끊고 길석 님에게 말했다. 길석 님 왈,

"속없는 새끼 별 소릴 다하네. 계란말이 못해도 걱정 마. 우리 딸은 계란말이 해 주는 도우미랑 살면 돼!"

길석 님의 말은 내 편인 듯했지만 그렇다고 딱히 속이 시원하지도 않은, 그렇다고 다시 반박할 뭣도 없었다. 이날은 그렇게 접

힌 채 기억 어딘가에 봉인됐다.

시간이 흘렀다. 남사친은 계란말이 여자친구하고도 헤어지고 내가 모르는 연애를 하고 고시를 하면서 자연스레 멀어졌다. 그러다 내 애가 계란말이를 해 달라고 하면 꼭 그 순간이 생각난다. 그 시절에 해결 못하고 접어 버린 애매함은 이제 확실하게 말할 수 있다.

계란말이는 그냥 하면 되는 거라고. 어려우면 지단만 부쳐도 되고, 지단조차 안되면 계란 프라이로 먹어도 된다고. 그리고 그게 결혼의 조건은 당연히 될 수 없으며 자랑의 조건 또한 되지 않는다고. 스물한 살에게 살림 잘한다는 감탄은 나라면 그리 반갑지만은 않을 거 같다고.

아마 이렇게 말했으면 그때의 기억이 접힐 필요 없이 반듯하게 남았을 텐데 스물한 살의 나는 그런 내공이 없었다.

그 시절 나는 계란말이를 못했다. 그게 불편하지 않았는데 걔가 그런 말을 한 이후로 불편해져 버렸다. 고작 계란말이는 내가 갱신해야 할 어떤 것으로 확 다가왔다. 갱신하겠다고 발버둥치진 않아서 그 와중에 다행이지만 밀린 숙제 같은 마음은 여전했다.

아이들에게 살림을 조금씩 가르치고 있다. 얘네들에게 계란 말이가 '고작'이 되었으면 좋겠다. '고작' 계란말이라서 누구에게 자랑할 거리도, 누구를 판단할 거리도 안 된다는 것을 그냥 자연스럽게 알았으면 좋겠다. 아이들이 정말 날 닮아서 요리 똥손이라고 해도 기죽지 않고 "고작 계란말이로 그럴 건 뭐야. 대신 계란 프라이 3개 먹으면 되지."라고 별거 아니게 말할 수 있었으면 좋겠다.

계란말이뿐 아니라 살림의 대부분을 힘 안 들이고 휙 해 버리는 사람으로 키우고 싶다. 나의 살림 방향이기도 하고, 가능하다면 세상의 모든 살림 방향이길 바란다. 적어도 성인이라면 누가 누구를 위한 살림을 해 주는 대신 본인의 살림은 본인이 해 버릴 수 있어야 한다고 생각한다. 커리어를 장악하는 만큼 살림력을 장악하는 것도 인간 성숙의 중요 척도가 되면 좋겠다. 동시에 그게 자랑의 영역으로 넘어가 버리지 않았으면 더 좋겠다.

학교 교과 과정에 건의하고 싶은 게 있다. 생쌀과 김치가 있다는 전제하에 포장 쓰레기가 더 많이 나오는 밀키트 대신 원재료를 사서 이틀 정도는 본인 끼니를 직접 챙겨 먹을 수 있는 기술, 국 하나 반찬 하나를 제 손으로 만들어 먹으면서 뒷정리까지 할 수 있는 기술 그런 거 말이다.

점수까지는 필요 없고 패스만 하면 된다. 반찬 두 개 만들면서 폭탄 맞은 주방을 만들어서 누군가의 뒷정리가 필요하게 한다면 그건 패스 못한 거다. 내 아이가 수학 문제 열 장 푸는 것보다 이틀 치 끼니를 깔끔하게 처리할 수 있는 사람이기를 바란다.

미각을 상실하면 로비가 하고 싶어진다

알약 하나로 하루 끼니가 되는 기술이 이미 발명됐을 텐데 왜 상용화가 안 되는 거냐고, 이는 필시 요식업계 로비가 개입됐을 거라고 나는 강력하게 주장했었다.

코로나에 걸렸다. 다행히 경미한 증상으로 지나갔지만 후유증이 길게 남았다. 커피와 어묵탕이 똑같은 맛이라는 신기한 경험을 했다. 미각상실 120시간을 넘어가며 저 알약 발언을 참회했다. 먹는 재미를 스스로 반납하려 했다니.

참회의 시작은 소설가 권여선 님의 산문집 〈오늘 뭐 먹지〉였다. 반주를 즐기는 혼술러의 안주 열전 에세이다.

아이 낳기 전까지의 내 주종은 99프로 소주였고 소주 안주 1위는 따뜻한 물이었다. 공동 2,3위는 오이와 파프리카였으니 헐렁한 안주도 상관없었다. 소주와 물을 놓고 세 시간 동안 깔깔거리며 놀 수 있었다.

결혼 후에는 와인과 흑맥주와 개량 소주로 넘어왔다. 더 이상 헐렁한 안주가 용납되지 않았다. 그래서일까. 시작은 반찬이었으나 끝은 안주가 되는 때가 종종 생기면서 나는 멋쩍어졌다. 반면 권여선 님은 시작부터 안주다. 그의 치밀한 안주 옹호에 나의 멋쩍음은 내다 버리기로 했다.

그의 책을 읽고 있으면 좋아하지도 않는 순댓국을 지금 당장 먹어야 할 거 같다(그것도 혼자서, 낮에, 소주와 함께) 땡초를 다져 넣은 '삐득삐득'한 고등어조림을 위해 생선을 말릴 공간이 있는지 괜히 주방을 스캔한다. "한겨울의 자두가 먹고 싶어." 류의 투정을 임신 때 안 했으니 지금이라도 "한여름 햇빛을 안은 호박잎에 깡장을 먹고 싶어."라며 자는 남편을 깨워 볼까 싶었다. 미각 손실자의 말에 명분이 없을 거 같아서 참았다.

마주 앉아 음식을 먹고, 그 맛있음에 동시에 눈이 동그래지는 잔잔한 쾌감이 120시간 동안 간절해졌다. 앞으로는 '잔잔한' 말고 '요란한' 쾌감을 앞장서 실천하겠노라 다짐했다.

24시간까지는 커피가 그리웠고 48시간까지는 백반 한 상이 그리웠다. 이 책을 읽은 다음부턴 그리던 모든 음식이 안주의 대오를 이룬다. 하긴, 모든 음식 뒤에 안주를 붙이면 갑자기 이름에 광채가 나고 윤기가 더해지는 건 당연하니 예정된 수순이었겠다.

다시는 그 알약을 알아보지 않기로 했다. 아니, 좀 더 나중에 나오라고 할 판이다. 정말 요식업계의 로비가 있다면 좀 더 열심히 하시라고 응원을 보낸다. 그사이에 나는 권여선 님 문장에서 흐르는 냄새를 모조리 내 주방에 펼쳐 놓아야겠다. 아니, 우선 내 미각과 후각이 먼저 좀 펼쳐지기를 간절히 기다렸다.

마시려는 자, 그 무게를 견뎌라

척, 갖다 대면 와라락, 나오는데 동그랗고 예쁘단다. 투박한 네모 모양이 아니라서 더 대접받는 느낌이라나. 신형 정수기 얘기다. 우리 집 정수기는 얼음은커녕 시원한 물도 안 나온다. 시원하게 마시려면 물통에 물을 채워서 냉장고에 넣어야 하고 얼음 트레이도 확인해야 한다.

코로나로 집에 있는 시간이 길어지면서 아이들의 새로운 모습을 봤다. 아이들은 '내가 마지막 남은 물을 마셨으니까 채워야지.'라는 생각을 못했다. 빈 물통을 아무렇지도 않게 식탁에 턱 올려놓고 제 갈 길 갔다. 그 '턱' 소리에 내 이성의 끈도 '턱' 끊겼다.

"먹었으면 채우라고! 너희가 할 수 있는 건 스스로 해야 되는 거라고오오오오."

자매품 "얼음 트레이를 돌려도 얼음이 안 나와!"도 있다. 간신히 이어 붙이려던 내 이성의 끈을 홱 돌려 버린다.

"이 집에서 나만 얼음을 안 먹는데 왜 그걸 나한테 말하냐고

오오오오."

　나의 우아함을 지키는 건 역시 아이템 빨! 하며 쇼핑창을 촤라락 열었다. 동그란 얼음 나오는 그 정수기 내가 사고 만다!

　엄지와 눈동자의 콜라보 불꽃을 이어가다가 갑자기 정신이 들었다. 살림의 어원은 '사람을 살리다.'에서 왔다는데 돈 발라서 해결하는 게 맞나. 새 정수기를 사면 쓰레기를 만드는 건데, 살리는 살림을 하겠다고 지구를 죽이는 일을? 식의 꼬리 물기가 시작됐다. 쇼핑 창을 닫았다.

　아이들에게 살림을 조금씩 가르쳤다. 기계적으로 했던 살림에 작은 허들이 무수히 많다는 것을 나도 이제야 알았다. 살림을 가르치려면 생각보다 아주 작은 단위로 쪼개야 했다. 그 작은 단위에는 '눈앞의 이걸 지금 하자.'도 당연히 포함됐다.

　자기 주도 학습이 별거냐 싶었다. 내가 해결할 수 있는 문제를 미루지 않고 그냥 해 버리는 것, 그게 시작이다. 하버드 무슨 연구에서도 어릴 때부터 집안일에 적극적으로 참여한 아이들의 학업 성취도가 높다고 했다. 무슨 상관관계가 있을까 했는데 살림 안에 있는 줄도 몰랐던 무수한 허들을 보니 어느 정도 이해가 된다. 촘촘한 허들을 큰 힘 들이지 않고 처리하는 감각, 꼭 학습까지 가지 않아도 그냥 삶 자체에 필요한 감각이다.

이제 이 집에서 마시는 자는 그 무게를 견딘다. 물통의 마지막 물을 마신 사람은 물통을 채워야 한다. 얼음 트레이에서 얼음을 꺼냈으면 물을 채워서 넣어야 한다. 아이들의 살림력이 그렇게 한 뼘 자란다. 나의 살림 퇴직이 그렇게 한 뼘 가까워진다.

오늘도 부친다

어미 된 자의 책임감으로 나는 아이들 밥상이 저 푸른 초원이 되길 원한다. 남의 살이 없어도 맛있는 밥상이 된다는 걸 가르치고 싶다. 정작 아이들은 그 초장 옆 공장에서 찍혀 나오는 걸로 차린 밥상을, 남의 살이 올라온 밥상을 더 좋아한다. 이상과 현실의 차이는 야채 칸의 숙제다.

그러니 내가 밥 다음으로 주방에서 가장 많이 하는 건 전이 될 수밖에 없다. 야채 칸에 뭐가 있든지 간에 (곧 술안주가 될 것이므로) 노래하는 마음으로 모든 죽어가는 것을 사랑하게 만드는 게 전이라 그렇다.

모 웹진의 에디터를 한 적이 있다. 발행일이 다가올수록 나는 맹렬하게 더 전을 부쳤다. 필진과 에디터가 모인 단톡방에 전 사진을 거의 매일 펼쳤다. 어느 날부터 다양한 전 사진이 올라왔다. 저 에디터가 왜 저렇게 반죽을 한꺼번에 많이 만들어 놓는 줄 알겠다면서, 반죽을 담은 글라스락 사진이 올라오기도 했다. 한꺼번에 반죽을 해 놓으니 야채가 남을 일이 없고 전을 부치기도 훨씬 수월하다고 했다.

그게 전의 매력이다. 야채 칸에 뭐가 있어도 딱히 뭘 만들지 모를 때, 아니 만들어도 과연 먹긴 할까, 같은 합리적 의심이 들 때는 다 부쳐 버리면 된다. '신발을 튀겨도 맛있다.'라는 말은 전도 비슷하게 적용된다. 튀김이 뭔가 더 고난이도의 느낌이라면 전은 그보다 단순해서 접근성이 좋다. 튀김은 망했을 때 복구의 전의를 상실한다. 반면 전이 두껍게 되어서 퍽퍽하다면 더 꾹꾹 눌러서 얇게 만들 수도 있고 반죽에 다른 걸 추가할 수도 있다.

잘 달궈진 팬의 기름 세 방울이 바닷가 모래사장의 물결무늬를 만들면 반죽을 조심히 올린다. 치이익 하는 소리가 들리면 내 머릿속을 시끄럽게 하는 뭔가도 치이익 타버린다. 동시에 이번 전은 잘 나올 거 같은 신호가 되는 치이익 소리와 함께 반죽과 팬은 아주 미세한 공간을 만든다. 이 공간이 있어야 매끄럽게 잘 뒤집어진다.

아이들의 입맛을 바꿔 보겠다고 딱 붙어서 잔소리하면 제대로 전달되지 않고 엉망이 된다. 스텐 팬에 음식이 딱 붙어서 가루가 되는 거랑 비슷하다. 적당히 달궈진 스텐 팬이 음식과 팬 사이의 미세한 공간을 만들어서 부드럽게 부쳐지는 것처럼 아이들과의 관계도 서로가 부드러워질 공간이 필요하다.

입맛 없는 여름날, 내 아이들이 얼음물에 밥 말아 스팸 한 조각 올리기보다 오이지 한 조각을 올렸으면 좋겠다. 남의 살보다 땅에서 난 것들로 배를 채우고 마음을 채울 수 있는 사람으로 자랐으면 더 좋겠다. 그런 입맛을 위해 오늘도 전을 부치고 야채를 준비한다.

미역국의 배신

자취를 시작하고 처음 맞는 생일이 며칠 앞이었다. 독립도 했으니 내 생일 미역국을 내 손으로 끓인다면 내가 더 멋있어 보일 거 같았다. 끓여 본 적 없고 스마트폰도 없던 시절이니 일단 엄마에게 전화를 했다.

이래저래 전 작업을 해놓고 뜨거운 물을 부어 뭉근하게 끓이라는, 친절하게 보이지만 실전에서 결코 친절할 수 없는 말을 들었다. 엄마는 미역을 너무 많이 넣으면 불었을 때 감당이 안 된다고 강조했다. 나는 미역을 조금만 물에 담가 놓고 학교에 갔다.

미역은 엄청나게 불어난다고 했는데 내가 담가 놓고 간 한 줌은 별로 불어나지 않았다. 엄마는 그럴 리 없다며 사진을 찍어 보내라고 했다. 보내고 3초 만에 전화가 왔다.

"왜 다시마를 불려! 미역을 불려야지!"

모든 음식은 그를 창조하는 자에 의해서 언제나 반역을 꾀할 수는 있다고 하지만 아무리 반역한대도 미역국을 다시마국으로 할 수는 없었다. 미역은 칼슘과 요오드와 알긴산이 풍부한 해조

류라고 밑줄 치며 외우면 뭐 하나. 그 미역이 뭔지 알아볼 눈도 없고 남들 도움 없이 음식다운 음식으로 먹을 재간이 없으면 소용없다.

마트에 가서 미역과 다시마를 양손에 들고 보니 이건 구분을 못하기가 더 어렵겠다. 이 어려운 걸 어렵지 않게 해내다니 나를 칭찬해야 하나. 멋있어 보이고 싶은 처음의 의도와는 다르게 미역국은 그저 넘어야 할 산이 되어버렸다.

몇 번의 통화 끝에 사람 입에 들어가도 딱히 큰일이 나지 않을 만큼의 미역국이 완성됐고 나는 비장하게 나의 생일을 자축했다. 20년도 더 지난 일이지만 미역국을 끓일 때마다 불지 않는 미역 앞에서 고민하던 어린 내가 떠오른다.

친절한 설명이 실전에서 별로 친절하지 않았기에 요새는 미역국을 끓일 때 아이들을 부른다. 엄지 톡톡 몇 번에 미역국 끓이는 과정 샷이 다 나오는 세상이지만 그게 어디 라이브만 할까 하는 믿음이다. 내 옆에서 시큰둥하게, 어떤 날은 눈을 반짝이며 아이들은 마른미역이 미역국이 되어가는 과정을 본다.

이불에 파묻혀 배달 음식을 검색하기보다 미역국 한 그릇 뚝딱 끓일 수 있는 사람으로 내 아이들이 성장하길 바라는 마음이다. 내 손으로 지은 그 음식이 나를 일으켜 세운다는 것을 경험으로 알고 그 행위의 귀함을 아는 사람이 되었으면 좋겠다.

마음이 납작한 어느 날, 어릴 때의 기억으로 직접 끓인 미역국이 저를 충전한다는 걸 깨달을 날이 아이들에게도 올 것이다. 자본에 기대는 살림이 늘어나는 시절에 그렇게 스스로를 충전하는 일은 아무나 가질 수 없는 능력이 된다. 대단하게 물려줄 물질은 없지만 그런 능력은 더 많이 물려주고 싶다.

5

어쩌면 그건 사랑

그깟 패킹으로 새삼 사람을 보다

압력밥솥 패킹이 헐거워져서 쌀이 제대로 안 익는다. 백신 휴가로 누워 있던 반려인이 마트행 운전을 해 주겠다고 따라나섰다. 마트의 쌓여 있는 패킹들 앞에서 내가 사이즈 확인을 하지 않았다는 걸 알았다. 수학 문제 풀 듯 머리를 쥐어짰다.

'이거겠지? 아닌가? 저건가? 처음 찍은 게 맞아!'의 공식에 따라 골라 왔다. 잊고 있었다. 어떤 식으로든 수학은 내게 도움이 안 된다. 패킹 두께가 안 맞다. 반려인이 주섬주섬 차 키를 챙기길래 미안한 마음에 내가 먼저 말했다.

"쉬고 있어. 나 혼자 갔다 올게."
"내 폰에 영수증, 카드 다 있어. 같이 가."

이번에는 쓰던 패킹을 들고 갔다. 박스 그림에 기존 패킹을 대보니 잘 맞는 것 같다. 집에 와서 끼우니 너무 크다. 뭐지. 쓰던 거 가져갔는데 틀릴 수 있나? 나는 다시 반려인에게 말했다.

"쉬고 있어. 나 혼자 갔다 올게."
"내 폰에 영수증, 카드 다 있대도."

"어... 이거 데자뷔 아니지?"

그와 나는 빵 터졌다. 마트에 도착해서는 세 시간 동안 주차만 다섯 번째라고 킥킥댔다. 마트에 들어가서는 올 때마다 나는 에어컨 바람이 춥다면서 옷은 안 챙기고 남편 팔에만 매달린다고 킥킥댔다. 시식 코너 직원이랑 눈인사한 거 같다고 킥킥댔고 닭강정이 12,000원인데 닭발이 9,000원이라고 킥킥댔다. 어이없는 반복이 웃겨서 킥킥대다가 그냥 보이는 게 다 웃겨졌다.

세 번째 마트행에서 딱 맞는 패킹을 찾은 후 반려인은 깊은 잠에 빠졌다. 그의 백신 휴가가 이제 시작인 듯했다. 나는 커피를 내려 식탁에 앉았다. 숨소리보다 크고 코골이보다 작은 남편의 수면음이 안방에서 식탁까지 넘어왔다. 압력밥솥의 칙칙 노래에 은은한 밥 냄새가 넘실댔다. 밥과 커피 향기가 섞인 식탁 의자에서 나의 덤벙거림이 가져온 세 시간을 바라보고 있으려니 아까 빼놓은 낡은 패킹이 저 혼자 일인극을 한다.

"사이즈도 안 보고 오는 사람이 어딨냐?"
"내가 가 달라고 했어? 본인이 따라와 놓고."
"좀 챙기며 살면 안 되냐?"
"자기는 뭐, 다 잘 챙기는 것처럼 말하네!"

이렇게도 갈 수 있는 세 시간이 킥킥거림으로 얼레벌레 넘어 갔다. 세월의 힘인가, 체념의 힘인가. 분명한 건 '그깟' 패킹으로 '새삼' 사람을 봤다는 것이었다. 그깟 낡은 패킹이 내게 그걸 알려 주고 있었다.

밥솥 패킹은 살림 전체에서 아주 작은 부분이다. 그 작은 아 이가 오늘은 큰일을 한다. 그의 온유함을 바라보게 하는 것, 살 림은 사람을 살리는 일이라지만 온유도 그 못지않다는 것을 헐 거워진 패킹이 말하고 있었다.

아마 한동안 패킹을 볼 때마다 생각나겠지. 시간이 지나 내 기억도, 패킹도 헐거워지면 다시 밥이 딱딱해지면서 패킹의 일인 극이 생각나면 좋겠다. 감사는 금방 잊을 테니 그렇다. 반복되는 삶의 조각이 감사를 다시 가져다준다. 삶을 누리는 진짜 부자는 이 조각을 알아보고 많이 챙길 줄 아는 사람일 거 같았다.

태권도 갔던 아이들이 발개진 얼굴로 송아지처럼 '움머아' 하 며 들어왔다. 패킹의 이야기로 다른 세계에 쑥 빠져 있던 나는 급히 돌아 나왔다. 커피잔을 얼른 헹구고 국을 올리면서 아이들 에게 대답했다.

"웅냐 우리 강아지들, 저녁 먹자. 아빠 깨워."

오렌지색 하늘 한쪽이 진보라색으로 물들고 조용했던 식탁이 다시 복작복작해졌다. 오늘 챙겨야 할 두 번째 조각은 이 순간이라는 마음으로 나는 저녁상을 차리고 아이들은 수저를 갖다 놨다. 바람이 출렁이듯 불었고 세탁기의 탈수 소리가 쿵쿵거리며 바람의 리듬을 맞추는 저녁이었다.

깎아 놓은 복숭아에서
네 샴푸향을 느꼈던 거야

살림 노동자의 과일 2단계가 있다. 마트에서 과일을 사 오는 것과 사 온 과일을 먹기 직전의 상태로 손질해서 넣어 놓는 것이다. 학교에서 돌아온 아이들이 내가 없더라도 알아서 꺼내 먹기 바라는 마음이라 그렇고 이렇게 해놓지 않으면 과일 사체를 치우는 일거리가 하나 더 생겨서 그렇다. 그렇게 손질해 놓은 걸 내가 먹기에는 어쩐지 아까운 생각이 들어서 나는 그전보다 과일을 덜 먹는 사람이 되었다.

반려인이 출근하면서 뭐라고 말을 했다. 무슨 소린지 몰랐지만 자동응답기처럼 나는 '어, 고마워.'라고 대답했다. 아이들까지 다 나가고 난 뒤, 냉장고를 열었을 때 그제야 그의 말을 이해했다. 깎아 놓은 천도복숭아가 락앤락에 얌전히 들어앉아 나를 기다리고 있었다.

장범준은 흔들리는 꽃들 속에서 네 샴푸 향을 느끼고 황급히 뒤돌아봤지만 그 사람을 찾지 못했다. 고민하다가 연락도 못 하고 결국 우연만 바라본다고 했던가.

같은 집에서 15년 동안 같은 샴푸를 쓰면 예상 못한 행동 속에서 네 샴푸 향을, 아니 마음 향을 느낀다. 마음 향을 느꼈다고 뒤돌아 그를 찾을 필요도 없고 연락할까 말까 고민할 필요도 없다. 반려인에게 고맙다는 문자를 보내고 아이들이 일어나기 전까지 혼자 식탁을 차지한다. 내가 한 끼 정도는 과일로 채우기를 좋아하는 사람이었음을 확인한다.

샴푸 향으로 설레는 마음이 어떨지 이제는 잘 모르겠다. 몰라도 상관없다. 샴푸 향으로 황급히 뒤돌아봐야 하는 류의 사람들은 분명 잘라 놓은 천도복숭아가 주는 안정감은 모를 거다. 시절은 이렇게 하나를 가져간 빈자리에 생각 못한 다른 것을 채워 넣어 준다. 그 채움을 살림에서 발견하는 날에는 쌓인 시절에 새삼스러운 감사를 한다.

'걷다가 보면 항상 이렇게 너를 바라만 보던 너를'을 흥얼대며 마트에 간다. 고깃집 스타일의 진한 된장찌개를 끓여 그의 저녁 식탁을 차려야겠다.

그의 엉덩이는 아름다웠다

숙소 앞의 낡은 픽업트럭 앞 유리는 금이 간 채 파여 있었다. 가로등 불빛을 받은 두툼한 먼지 밑 대시 보드는 방치된 세월을 짐작하게 했다. 전날 내린 비는 몇 개의 웅덩이를 만들었다. 찰박 거리며 지나가는 행인들의 발소리 사이로 건너편 대폿집의 전 지지는 기름 냄새가 일렁거렸다.

오랜만에 외박했던 날이었다. 낡은 픽업트럭도, 기름 냄새도 내게는 덮어놓고 아름다워 보였다. 숙소는 종로 에어비앤비. 종로 뒷골목은 밤 11시도 오전 11시만큼 환했고 사람들도 오전 11시처럼 생기 있어 보였다. 어쩐지 우리만 여기 풍경에 안 어울리는 거 같아서 얼른 숙소로 올라왔다.

우리가 서로의 실물을 본 건 처음이었다. 초면에 1박이라니 어색하지 않을까 싶었는데 어머, 나는 어색이 뭔지 모르는 인간이었던가. 어제 만난 사람 같았다. 우린 머리를 맞대고 숙소 식탁에 있는 인근 포장 음식 판매 팸플릿을 공부했다. 하룻밤이지만 살림 따위 하지 않겠어! 라고 다짐했건만 나는 어느새 주섬주섬 싸 온 것들을 풀어 놨다. 상큼한 술자리를 위한 오이, 파프리카, 쌈장, 레몬이었다. 나의 살림력에 그들은 피식 웃었다.

팸플릿이 알려 준 안주와 싸 짊어지고 온 야채들과 편의점 떡볶이 등과 함께 술상이 익어갔다. 간헐적으로 웅 돌아가는 히터가 이곳이 숙소임을 환기했다. 8인용 원목 식탁에서 새벽을 수다로 밝히다가 침대로 기어들어 갔다. 여행이라고 하기에는 지하철로 1시간이 채 안 걸리는 거리였다. 그렇게 외박을 하는 기분은 새로웠다. 식구들은 집에 있고 나 혼자 나온 외박이라 그랬을 거다.

늦은 아침을 먹고 경복궁 연못에서 물 튀기며 노는 오리를 구경하다가 천천히 집에 갔다. 전날 급하게 나오느라 살림을 제대로 돌보지 않고 나왔으니 해야 할 일이 많겠거니 하며 현관문을 열었다. 두 톤 높은 목소리로 '엄마'를 부르는 둘째 목소리가 들렸다. 발 사이즈가 나랑 똑같아졌어도 너는 아직 아가구나, 싶어서 아이를 꼭 껴안았다. 그런데 반려인이 안 보인다? 아이도 모른단다. 뭐지?

화장실에서 물소리가 들렸다. 가 보니 제일 먼저 들어오는 건 그의 엉덩이다. 엉덩이를 하늘로 쳐든 채 배수구를 쑤시고 있다.

"여기 뭐가 막혔는지 물이 시원하게 안 내려가더라고. 이제

다 된 거 같아."

엉덩이가 쑥 내려가고 얼굴이 쑥 올라온다. 땀범벅이 된 걸 보니 배수구와 한참을 싸웠나 보다.

종로의 떠들썩한 밤공기도, 대폿집에서 일렁이던 기름 냄새도, 아니, 혼자를 누리던 외박 그 자체도 그날 그의 엉덩이만큼 아름답지 않았다. 반려인은 주중 내내 야근에, 회식에 찌들었으니 배수구 따위 신경 쓰지 않고 그냥 낮잠이나 잤어도 충분히 합당했다. 그 편안함을 뒤로하고 기어이 배수구와 맞짱을 뜬 그에게 동지애를 느꼈다.

피곤해도 해야 할 살림은 늘 있었다. 미루면 더 커져 버리는 걸 알아서 어쩔 수 없이 피곤한 몸을 일으켜야 하는 게 살림이었다. 아마 배수구도 그중 하나였겠다. 그걸 알아서 처리하는 그의 엉덩이가 꽃보다 아름답지 않을 리 없는 노릇이었다.

외박은 새로웠고 그의 엉덩이는 새롭지 않았다. 외박은 새로워도 그날이 지나면 잊혔지만 그의 엉덩이는 새롭지 않아도 오래 기억한다. 연애의 달콤함을 넘어선 책임감, 그걸 같이 나눠 지는 마음, 그런 마음을 그날의 엉덩이로 기억에 새긴다.

청소기에 속았다

얼마 전까지 장판이 깔린 집에 살았다. 무려 1985년 준공 당시 깔았던 노란 장판이 2022년에도 있었다. 장판끼리 겹친 부분이 비쳐서 네모를 만드는 그 장판 아시나요. 아신다고요? 어맛! 당신도 젊은이는 아니군요.

그 집에서는 일렉트로룩스 청소기를 썼다. 오래돼서 시멘트 바닥에 거의 흡수될 지경의 장판까지도 벌떡 일으킬 만큼 흡입력이 센 청소기다. 그래도 세월을 이길 수는 없는지 청소기 헤드 한쪽이 떨어지더니 고정이 안 됐다. 헤드만 따로 사고 싶었지만 너무 오래된 모델이라 맞는 게 없었다. 헤드 없이 1년을 더 썼다. 힘은 그대로인데 부품이 없는 청소기는 훈련 안된 대형견처럼 사람을 진 빠지게 했다. 그래도 청소기가 예측 불허 행동을 하진 않으니 그럭저럭 모시며 썼다.

얄쌍한 무선 청소기가 갖고 싶었지만 이리 힘센 애를 버리면 벌 받을 거 같았다. 얄쌍한 무선 청소기의 가격이 결코 얄쌍하지 않다는 것도 망설임의 이유였다.

내가 손목을 다치고, 다리를 다치고 평생 짱짱할 거 같던 흡입력도 점점 떨어지고 등등의 바꿀 수밖에 없는 전 지구적 요청이 들어오는 바람에 그 얄쌍함을 영접했다. 그의 얄쌍함에 마음을 빼앗겼다. 가전에 이리 마음이 콩닥일 수 있구나.

내가 이리도 지조 없는 여자였던가. 콩닥임이 꿍얼거림이 되기까진 1시간이면 충분했다. 분명 편리하나 치명적으로 불편했다. 쓸 때마다 먼지 통을 비워야 해서다. 생긴 것만큼 얄쌍하게 획, 버리고 싶었으나 자잘한 먼지들이 우주적 성실함으로 촘촘히 박혀 있었다. 일렉트로룩스 먼지 주머니는 두 달에 한 번만 통째로 버리면 되는데 너는 뭐니.

일렉트로룩스보다 힘은 절반인데 어쩐지 뒷수습은 두 배로 느껴지는 건 그냥 느낌일 뿐이라고 우기고 싶지만 느낌인 거 같지 않다. 실눈만 뜨고 먼지 통 사이에 골골이 박힌 미세먼지는 못 본 걸로 한다.

그러니까 사람이 달나라에 간 건 벌써 반세기가 지났고 알파고는 이세돌을 이겼는데 왜 흡입력도 좋고 가볍고 편리하면서 마지막 뒤처리도 좋은 청소기는 나오지 않는 건지. 일부러 안 만드는 건지. 아님 청소 따위는 너무 사소한 일이라 우주선 발사만큼의 고민을 안 하는 건지.

똑똑한 분들이 고민하면 금방 만들 거 같은데 안 만드는 거 보면 우린 지금 문명의 시작에 서 있는 건지 아님 끝에 서 있는 건지 헷갈려진다. 물론 아무도 하지 않는 고민을 나 혼자 우주적으로 떠안은 것 같아서 외로워지는 건 덤이다.

이렇게 사고의 흐름을 따라가다 보면 부직포 밀대 알라뷰가 되는 엉뚱한 결말이 온다. 그럴 땐 얼른 맥주캔을 딴다. 너는 그래도 내 편이겠지. 나를 아끼는(내가 아끼는?) 맥주에 기대 지나치게 좌절하지 않아 보려 한다.

좋아 보이는 것과 실제 좋은 것에 대한 간극을 청소기로 본다. 밖에서 볼 때 좋아 보이는 삶이 실제로도 꼭 보이는 것만큼 좋지 않을 수도 있다. 다른 삶을 기웃거리며 나는 왜 저게 없을까 하며 신경질적으로 손톱을 뜯는 대신, 손톱 영양제라도 한 번 더 발라 주는 삶, 그게 진짜 좋은 삶이다.

마찬가지로 내 삶이 누구의 눈에 좋아 보이기 위해 애쓰기보다 내가 진짜 좋아하는 삶이 되기 위한 쪽으로 집중해야겠다. 남에게 좋아 보이느라 뒤에서 먼지 통 실리콘을 끙끙대며 빼는 삶은 나를 위한 삶이 아닐 테니 말이다. 청소기에 이리 깊은 뜻이 있음을 이제야 알았다.

돌아보면 결국 너였다

긴 머리 여자 둘이 사는 집의 바닥이 아이보리색이면 꼭 '머리카락'이 떠올라야 한다. 아이보리색 바닥은 두 여자의 머리카락이 얼마큼 빠질 수 있는지, 이게 진정 사람에게서 나오는 건지, 간밤에 우리 집에서 처녀 귀신 둘이 머리끄덩이 잡고 싸운 건 아닌지 늘 의심하게 한다. 이제는 바람만 불어도 머리카락이 빠진다는 합리적인 의심을 하는 지경이다.

매일 무선 청소기를 돌렸다. 청소기의 작은 먼지 통이 머리카락에 결박되어 신음했다. 나는 수시로 먼지 통 청소를 하다가 버럭 화가 났다. 아니, 편리하게 청소하려고 청소기를 산 건데 그 청소기를 청소하느라 또 시간을 쓰는 건 뭐냐고!

씩씩대다 부직포 밀대를 봤다. 돌아보면 결국 너였구나. 부직포 밀대는 말 그대로 밀어서 버리면 끝이다. 밀대를 따로 청소할 일이 없다. 30만 원짜리 청소기를 팽개치고 3만 원짜리 밀대를 챙겼다. 쓱쓱 밀고 쓱 버렸다. 가격도, 노동도 10분의 1이었다. 밀대에게 어깨가 있다면 정수리까지 치솟아서 말할지도 모르겠다.

"거봐, 내가 최고지?"

그의 자부심에 반박할 수 없는 나는 밀대 헤드에 쌓인 먼지를 깨끗하게 닦아 곱게 세워 놨다.

그날 밤, 둘째 침대에서 같이 자는데 애가 자꾸 발로 나를 찼다. 발길질에 세 번째 깼을 때 나는 안방으로 피신했다. 남편이 사지 결박 포즈로 자고 있었다. 간신히 비집고 누웠는데 이번에는 코골이 공격이다. 작은 남자는 발 공격, 큰 남자는 소리 공격, 별게 다 다양했다.

평소 같으면 짜증 내며 소파에서 잤겠지만 밀대가 가르친 '돌아보면 너였다.' 이론을 끄집어냈다. 밤엔 시끄럽지만 아침에 벌떡 일어나 365일 새벽 공기를 뚫는 남자가 아니었던가. 내가 드라마에 빠져 질질 짜고 있으면 쓱 휴지를 내미는 남자가 아니었던가, 돌아보면 그가 있었다.

남편의 고개를 살짝 돌려줬다. 코골이가 잠깐은 멈췄다. 이불을 덮어 주고 토닥여 주니 저도 스르르 한쪽 팔을 내게 올린 채 다시 쌔근거렸다. 그래, 나 잠들 때까지만 좀 조용히 해 주라는 마음으로 나도 그의 어깨를 감쌌다. 나도 모르게 잠이 들었다.

안방 화장실 드라이 소리에 깼다. 돌아보니 남편이 출근 준비 중이다. 부스스 일어나 그의 새 마스크를 챙겼다. 남편은 마스크를 받아 들고 내게 짧은 이마 뽀뽀를 하고 급히 나갔다. 그의 뒤통수에 인사하고 들어와 애들을 깨우고 밀대를 꺼냈다. 아이들이 씻을 동안 애들 방을 밀대로 쓰윽 밀었다. 그사이 또 쌓인 먼지들이 딸려 왔다. 밀대는 역시 말없이 일하면서 말없이 강력했다.

돌아보면 결국 밀대였다. 돌아보면 결국 이 남자였다. 돌아보면 결국 별거 아닌 것들이 별거였다. 중요한 건 내가 먼저 손 내미는 것, 내가 먼저 움직이는 것, 그거밖에 없었다. 살림도, 사람도 다 그랬다. 별스러운 기대도, 별스러운 실망도 없이 돌아보면 늘 있던 그들에게 새삼 감사를 보내는 날이다.

냉동실 제일 윗칸에 사랑이 있다

나는 어떤 아이스크림이든 하나를 다 못 먹는다. 반만 먹어도 물린다. 아예 안 먹기는 아쉬워서 남편한테 두 입만 나눠 달라고 한다. 남편은 그냥 남기라고 하면서 말한다. "참 손이 많이 가." 길석 님도 수시로 하는 이야기라 딱히 반박을 못했다.

어느 날 남편이 초코리치를 내밀었다.

"이건 당신이 하나 다 먹을 거 같아."

초코리치는 큰애의 최애 아이스크림이었다. 말리지 않으면 앉은자리에서 다섯 개도 먹어 치울 수 있는. 그런 아이스크림을 나 보고 먹으라고?

결혼 15년 차, 세월의 힘을 믿어 보기로 하고 한입 먹어 봤다. 오잉? 그 자리에서 다 먹었다. 남편의 자신감은 초코리치의 매끄러운 표면만큼 반들반들 윤이 났다.

"거봐. 내가 이거 한 입 먹어 보고 당신도 먹을 줄 알았대도." 라며 그는 초승달 눈으로 웃었다.

며칠 후, 남편이 퇴근길에 초코리치 몇 개를 더 사 왔다. 좋다고 폴짝 뛰는 아이에게 남편이 말했다. "이거 엄마도 좋아해. 같이 먹어."

아이는 알았다고 했지만 늘 그랬듯 좋아하는 마음은 들은 말을 지워 버렸다. 아이는 세상을 얻은 얼굴로 야금야금 다 먹었다. '그거 엄마 건데?'라며 아이의 평화를 깨지 못했다. 나가서 내 거를 사 오기에는 바깥의 햇빛이 먼저 말한다.

'이 땡볕에 그거 먹겠다고 나온다고? 네가?'

'음, 그 말이 맞아. 안 먹고 말지...'

또 며칠 후, 늦게 퇴근한 남편이 냉동실에 아이스크림을 종류별로 넣으며 말했다.

"여기 있는 초코리치는 엄마 거니까 건드리지 마. 네 거는 여기 있어."

사랑은 앞모습으로 다가와서 뒷모습으로 멀어진다고 하던데 그건 연인들의 이야기다. 부부는 뒷모습에서 가까워지기도 한다. 남편과 아이가 얘기할 때 나는 한참 아이들 저녁 식사 뒷정리를 하고 있었다. 싱크대에 서서 남편을 등지고 있었지만 나의 뒤통수는 남편에게 하트를 날렸다. 등 뒤로 들리는 부녀의 대화를 반주 삼아 달그락거리는 그릇들은 순식간에 사랑의 노래를 불렀다. 어쩐지 등이 간질간질한 것도 같았다.

남편이 출근한 날, 커피를 내리고 식탁에 앉았는데 문득 초코리치 생각이 났다. 냉동실을 열어 보니 수납 칸 제일 위에 초코리치 두 개가 반듯하게 놓여있었다. 초코리치를 만난 커피는 잠깐 동안 나를 여행지의 어느 카페에 데려다 놓았다.

결혼 15년 차에 연애 15일 차 같은 사랑이 가능할까. 잠들기 전 휴대폰 너머의 그를 상상하고 일상의 피곤을 밀어내며 사랑을 확인하는 일, 세상이 핑크빛이고 나는 그 중심에 있다고 믿는 일들 말이다.

이제는 안다. 세상을 핑크빛으로 보는 건 누구랑 사랑을 확인하면서 할 일이 아니고 나의 시선을 먼저 바꾸는 일임을, 세상의 중심까지 될 필요도 없고 내가 내 중심이면 그저 충분하다.

그리고 15년 차의 사랑은 말도, 눈빛도, 행동도 아닌 냉장고 수납 칸 제일 위 칸에서도 올 수 있다는 것도 안다. 이 사랑은 15일 차 연인은 절대 알 수 없을 거라며 괜히 혼자 어깨에 힘이 들어간다. 시럽 한 방울 안 들어간 아메리카노마저 달콤한 아침이었다.

결혼 15년 차는 초코리치 말고 다른 종류의 사랑도 본다. 혓
바늘 돋았을 때 라면 먹는 건 사랑으로밖에 안 된다는, 사랑 15
일 차가 들으면 무논리라 할 만한 그런 사랑도 있다.

혓바늘 돋았을 때 라면 먹는 방법

침아일체, 토요일 아침마다 침대가 나고 내가 침대였다. 특히 비 오는 토요일 아침의 나는 필사적으로 침대로 파고들었다. 그날의 침대는 새벽부터 나를 뱉어 냈다. 아니, 내가 튀어 올랐던가.

친구 부부가 설레는 소식을 전해서 그랬다. 토요일 아침 황금 시간에 골프 파3 나인홀 필드를 예약했단다. 아이들만 두고 정규 필드를 나가기엔 부담스러운 반면, 파3 나인홀은 소요 시간이 반도 안 된다. 당연히 가고 싶었다.

너희들 일어나기 전에 나갈 거고, 아침은 식탁에 다 차려 놓을 거고, 점심 먹기 전에 올 건데 가도 괜찮겠냐고 아이들에게 물었다. 아이들은 주중에 못한 게임을 하겠다며 흔쾌히 괜찮다고 대답했다. 재밌게 하고 오라는 말에 진짜 다 키웠구나 싶었다.

금요일 밤, 돼지고기 앞다리 살을 다진 마늘, 양파, 간장, 청주로 재웠다. 다음 날 아침, 압력솥 센 불로 20분 동안 바짝 달

궜다. 익은 양파의 단내와 간장의 짭조름한 내음이 압력 추의 칙칙폭폭 리듬을 타고 주방 곳곳에 내려앉았다. 불을 끄고 잔열로 나머지 맛을 뭉근히 우려냈다.

젓가락을 대기만 해도 부드럽게 부서지는, 아이들 취향 저격 수육이 완성됐다. 새벽에 수육을 팬으로 옮겨 담고 하이라이트 최약불 1시간 타이머를 걸었다. 아이들이 일어날 때까지 수육이 식지 않을 거다. 애들이 깰새라 살금살금 집을 나섰다.

필드는 꽤 고지대에 있었다. 빙글빙글 돌며 올라갈수록 지평선이 뒤로 물러나고 비를 품은 하늘이 점점 깊어졌다. 간 보듯 슬쩍 올라온 초록들과 눈을 맞춘다. 가시지 않은 얇디얇은 빗줄기가 은색 가루를 뿌리는 중이었다.

차에서 내리니 눈보다 코가 먼저 필드를 반긴다. 비 맞은 나무 냄새가 콧속으로 파고들며 인사한다. 나도 같이 그 냄새에 파고들며 게임이 끝났다. 골프 클럽을 정리하고 있는데 둘째에게 전화가 온다. 혓바늘 때문에 밥을 못 먹겠단다.

혓바늘은 알고 있었다. 전날 밤에 본인 얼굴만 한 대접에 내준 야식을 뚝딱 먹길래 나는 다 나았다고 안심했다. 고추장 듬뿍 품은 잔반 처리용 비빔밥이어서 더 그랬다. 그랬는데 이유식만큼 부드럽게 한 수육을 못 먹을 정도라고?

날듯이 집에 왔다. 수육은 딱 큰애가 먹는 양만큼 줄어 있었다. 그 반대쪽 식탁에서는 거의 먹지 않은 밥이 굳어 가고 있었다. 둘째는 "움뫄아." 하면서 내 품에 안긴다. 가슴에 폭 박은 얼굴을 떼내어 이마에 뽀뽀를 하고 내가 물어봤다.

"날도 꾸물꾸물한데 라면에 김밥, 콜?"

울듯 말듯 했던 아이의 눈이 초승달 모양이 됐다. 남편이 김밥을 사러 뛰어나가고 나는 라면 물을 올렸다. 여전히 초승달 눈인 아이는 콧노래를 부르며 물만두와 계란을 라면 냄비 옆에 갖다났다.

한 시간 전에 혓바늘로 입이 안 벌어진다고 울먹이며 전화했던 아이였다. 그 아이가 나도 입 아플 만큼 큰 김밥을 한입에 쏙 넣었다. 혓바늘이 따가워서 흰 밥도 못 먹겠다고 했는데 매운맛 라면에 김치까지 곁들여 김밥 두 줄을 뚝딱 먹었다.

혓바늘 돋았을 때 라면 먹는 방법은 별 게 아니었다. 그냥 엄마가 옆에서 같이 먹으면 될 일이었다.

나와 둘째는 배 뚜드리며 소파에 널브러졌다. 아이는 닌텐도 게임을 시작했다. 나는 어제 읽다 만 전자책을 켰다. 몇 분 간격으로 내 허벅지에 아이의 다양한 신체 부위가 올라탔다. 발, 머리, 허리, 엉덩이, 등 사람이 사람에게 기대는 방법은 참으로 다양했다. 창의력을 발휘하던 아이는 갑자기 엄마와 게임을 하니 좋다고 말했다. 나는 그 게임을 전혀 할 줄 모르지만 "엄마도."라고 대답했다.

아이가 아예 어릴 땐 살림과 육아가 별개 같았다. 살림은 해 버리면 그만인데 육아는 내 속도대로 해 버릴 수 없어서 그랬다. 속도 조절도 못하는데 체력전이기도 했다. 음식을 따로 차려야 했고 매일 씻겨 줘야 했고 똑같은 그림책을 5678번째 읽어야 했다.

둘째보다 딱 30개월 먼저 태어난 큰 애는 이제 내가 있든 말든 본인 하고 싶은 걸 알아서 한다. 큰 애 정도 되면 육아는 체력전이 아니라 정신력전이 된다.

완전 체력전도 아니면서 정신력전도 아닌, 그 과도기에 이 시절이 있었다. 어른 음식을 같이 먹는다 해도 혼자 먹기는 싫어하는 시기다. 혼자 게임할 수 있어도 엄마 살 어딘가에는 닿아 있어야 하는 시기, 닿아 있기만 하면 엄마와 같이 게임을 하는 것처럼 느끼는 시기였다. 봄날처럼 잠깐 왔다가 없어지는 그런 때라서 나는 잠깐 잊고 있었다.

식탁 노트북을 켜서 이 글을 쓸 동안 아이는 옆 의자에 앉아

내 허벅지를 베개 삼아 누웠다. 식탁 위에 패드로 먹방을 틀어놓고 혼자 킬킬댄다. 그러면서도 불편한지 제 몸을 이리저리 돌려가며 각도를 맞춘다. 왜 이리 서로 불편하게 있냐, 라는 말은 닫고 나는 아이가 보는 먹방을 보며 다른 말을 열어 본다.

"와, 쟤 뭐야. 저걸 어떻게 먹어?"
"그치. 되게 웃기지. 이 사람이 원래 어쩌고 저쩌고…"
제가 먼저 웃으며 말하느라 무슨 소린지는 모르겠지만 그냥 나도 같이 웃었다. 그 모습에 아이는 같이 웃다가 나를 꼭 한 번 안아 주고 남편에게 갔다. 안방에서 한마디가 들렸다.

"역시, 식탁 의자에 아슬아슬하게 눕는 것보다 아빠랑 침대에 누워서 노는 게 더 편해!"

잘 모르는 이야기의 먹방 소리와 잘 아는 이야기의 노트북 타자 소리가 적당히 섞인 토요일 밤이 지나고 있었다. 헛바늘이 아파서 밥도 못 먹겠다는 아이가 엄마랑 먹는 라면으로 살아난 날, 살림의 어원이 사람을 살린다는 말은 이런 날을 위함이었다.

결국 라면이 사랑이었다. 진한 감정은 라면으로 나온다. 그러고 보니 그런 진한 감정은 엉덩이로 나오기도 했다. 물론 그때는 몰랐다.

엉덩이로 하는 사랑

예쁜 얼굴부터 시작해서 쇄골, 팔, 가슴, 허리. 그러다가 대세는 애플힙이 됐다. 어느 신문에서는 엉덩이 근육이 전체 근육의 40퍼센트를 차지한다면서 애플힙은 몸짱 상징이 아니라 건강 수명 잣대라고도 했다. 어쨌든 또 엉덩이 강조다. 엉덩이가 강조될 때 나는 다른 의미의 엉덩이를 기억한다.

1987년, 이비인후과에서 내게 비염 수술을 권했다. 길석 님은 생각 좀 해 보겠다고 하고 그냥 왔다. 수술 이야기가 나온 날부터 할머니는 바닥 손걸레질을 하기 시작했다.

바닥에 엉덩이를 대고 앉아 다리를 적당히 펴 긴 타원을 만들었다. 옆에는 작은 쓰레기통을 놓고 다리 사이의 먼지를 걸레로 쓸어 모았다. 먼지와 걸레에 붙은 이물질을 손으로 떼어 내 쓰레기통에 버렸다. 엉덩이를 밀어 자리를 조금 옮긴 후 이 패턴을 반복했다. 왜 그렇게 청소하냐는 나의 질문에 할머니가 대답했다.

"니 엄마처럼 엎드려서 쫙 밀기엔 나는 힘도 없고 다리도 아프잖냐. 대신 이렇게 하면 엉덩이가 다 받쳐 줘서 괜찮아"

"왜 갑자기 바닥을 닦아?"

"너 코 수술하라고 했다며. 혹시 이런 먼지가 너한테 안 좋을까 봐"

2020년, 나는 인도를 달리던 전동 킥보드에 치여 다리 깁스를 했다. 걷는 게 힘들어졌다. 일주일 동안 거의 누워서 지냈다.

일주일 후 애들 방에 가 봤다. 햄스터를 방에서 키우는 큰아이 방은 난리였다. 햄스터 케이지 톱밥이 여기저기 흩어져 있고 특유의 냄새도 났다. 아이에게 진공청소기와 밀대 걸레 닦기를 시켰다.

그랬는데도 냄새는 없어지지 않았다. 1987년의 할머니처럼 나는 걸레를 갖고 왔다. 할머니처럼 엉덩이로 밀고 다니며 다시 닦았다. 서서 보이지 않던 작은 먼지와 톱밥 가루가 그제야 보였다. 아이가 왜 닦은 데를 또 닦냐고 묻길래 내가 대답했다.

"햄스터 냄새가 남아 있어서. 혹시 너한테 안 좋을까 봐"

30년 전의 내가 그랬듯 아이도 별 반응 없이 휙 돌아섰다. 아이 없는 방을 그 시절 할머니처럼 나도 엉덩이로 밀며 오래 방을 닦았다.

할머니의 걸레질 덕인지, 크면서 저절로 좋아진 건지, 수술 없이 비염도 없어졌다. 엉덩이 손걸레질도 잊고 있었다. 그러다가 깁스한 다리가, 햄스터가 그때의 기억을 불러 왔다.

잠깐이나마 냄새가 좀 가라앉았다. 근본적인 해결을 하려면 햄스터 케이지를 옮겨야 한다. 알지만 아직은 못한다. 아이의 관심이 조금 시들해질 때쯤 다른 데로 옮기려 한다. 그전까지 나는 할머니처럼 엉덩이 걸레질을 하겠지.

엉덩이로 하는 사랑, 사랑을 받는 쪽은 사랑인지 잘 모른다. 사랑을 하는 쪽은 열심히 엉덩이를 밀며 긴 시간을 내어놓는다. 주는 쪽과 받는 쪽의 타이밍이 맞을 가능성이 희박함을 안다. 그래도 한다. 나를 지은 사랑이 이랬으니까.

'할머니, 나 손걸레질 처음 해 보는데 보통 일이 아니네. 할머니도 힘들었지. 이제야 알아서 미안해.' 할머니가 듣지 못할 이야기를 혼자서 가만히 해 본다.

창틀을 잡고 한쪽 발에만 힘을 주어 기우뚱거리며 일어났다. 가을 한복판에 자리 잡은 해는 성큼 짧아졌다. 우뚝 솟은 아파트들이 차분한 어둠으로 잠기고 있었다.

혈압이 40일 때 생기는 좋은 일

신혼여행을 다녀온 후 첫 번째 토요일, 달콤한 늦잠을 자고 있었는데 남편이 깨운다.

"일어나 봐요. 괜찮아요? 내 말 들려요?"
잠이 안 깬 나는 눈도 안 뜨고 대답했다.

"왜요. 무슨 일 있어요?"
"눈 뜨고 나 좀 봐요."

오홍, 이것이 말로만 듣던 깨 쏟아지는 신혼? 그대가 옆에 있어도 그대가 보고 싶다, 뭐 그런 건가? 부스스 눈을 뜨고 남편을 봤다. 금방이라도 울 것 같은 얼굴이다. 오히려 내가 잠이 확 깼다.

"헉, 왜 그래요? 무슨 일 있어요?"

아침 열 시가 넘었고 잠든 지 열 시간이 넘었는데 내가 뒤척임도 없더란다. 갑자기 무서운 생각이 들어서 자세히 들여다보니 숨도 안 쉬더란다. 그래서 황급히 깨웠다고. 자긴 순간 너무 놀랐는데 뭐 그리 태연하게 일어나냐고 타박이다.

나는 혈압이 낮다. 잠들면 혈압이 더 내려가기에 뒤척임이 거의 없다(고 들었다). 생명 유지에 필요한 아주 최소한의 활동만 해서 그렇다나. 병원에 잠깐 입원했을 때 간호사들이 새벽 혈압을 재면 그들도 나를 깨웠다. 수면 혈압이 40이라 단순 저혈압인지 쇼크인지 확인차 깨웠다고 했다.

혈압과 상관없이 원래 토요일은 자정부터 정오까지 자는 거 아닌가요. 토요일에 열 시간 자는 게 뭐 대수라고 그리 호들갑인가요, 싶었지만 말 대신 그의 목을 끌어안고 다시 침대로 들어갔다. 로맨틱 아침은 아니었지만 지금부터라도 그 로맨틱 다시 만들지 뭐. 아니 이러면 로맨틱 아니고 19금인가. 흠흠.

15년이 지난 지금도 주말에 안 깨우면 계속 잘 수 있다. 잠들면 천둥 번개가 쳐도 못 들을 만큼 잠귀가 어둡지만 아이들이 "엄마 어쩌고..." 하는 소리는 귀신같이 알아듣는다. 그럴 때면 남편의 목소리가 따라붙는다. "엄마 잠들었으니까 건드리지 마." 그 소리를 자장가 삼아 다시 잠든다.

지난주도 그랬다. 아이들의 엄마 소리는 남편의 소리에 묻혔다. 주방에서 뭔가 달그락 소리가 나긴 했지만 나는 다시 잠들었다. 열세 시간 수면을 채우고 일어나서 보니 어젯밤에 해 놓은 밥의 절반이 없다. 스팸과 밥이라는, 엄마가 이뤄 주지 않는 아이의 로망을 아빠가 이뤄 줬다. 먹으면서 자기들끼리 행복했으니 아질산나트륨도 맥을 못 췄을 거라고 믿는다. 아질산나트륨은 수용성이라 끓는 물에 2분만 데쳐도 없어지니 한 번 데쳐서 구워 주라는 소리는 안 했다. 지금 했으니 안 한 의미가 없나?

그대가 옆에 있어도 그대가 그립다는 식의 로맨틱은 신혼 때도 지금도 없다. 없어도 "엄마 잠들었으니까 건드리지 마."가 우리 버전의 로맨틱이다. 낮은 혈압으로 조용해진 몸만큼 고요한 남편의 문장은 로맨틱을 뛰어넘은 충만함이다. 이 고요한 충만으로 폭삭한 이불을 한번 더 휘감아 끌어안는, 상상만 해도 보드라운 주말을 또 기다린다.

며느리가 이렇게 늦잠을 자는데 시어머니는 너무 일찍 일어나신다. 그게 부담이었는데 이제는 사랑이 되기도 한다.

시어머니는 늦잠이 싫다고 하셨어

시가에 갔다. 다음날엔 캐리비안베이를 가기로 했다. 그 전주 캐리비안베이의 거대한 인파에 놀라 그냥 돌아왔던지라 이번에는 오픈 전에 가기로 했다.

시어머니는 그렇게 일찍 가면 아침밥은 어쩌냐고 걱정하셨다. 그러더니 어차피 당신은 새벽 5시에 일어나니까 김밥을 싸주겠노라 하셨다. 다음 날, 6시 50분에 일어난 나는 식탁의 김밥 산을 만났다. 어머님 텃밭의 야채와 직접 짠 참기름으로 만든 김밥은 그 어떤 김밥도 발라 버릴 맛이었다. 눈곱도 안 뗀 나는 그 자리에서 세 줄을 먹었다. 어머님은 꼬질꼬질한 며느리를 보며 말간 얼굴로 웃으셨다.

기억과 기록과 사실은 서로 동일하지 않다. 내가 말간 얼굴로 기억한 시어머니 기억은 사실이 아닐 수도 있다. 하지만 그 얼굴을 '말갛다.'로 기록하면서 당신의 사랑을 더 크게 확장하는 중이다.

자취 포함 살림 20년 차인 나는 이 정도면 잘하고 있다고 자뻑한다. 자뻑의 기운으로 살림을 글로 쓴다. 어머님의 살림을 만난 날에는 선무당이 사람 잡는 그 선무당이 나인가 싶다. 내가 뭐라고 살림 글을 쓴단 말인가.

졸아드는 마음을 기억과 기록과 사실의 불일치를 떠올리며 다잡는다. 선무당 살림 글이지만 그 글로 이번처럼 사랑을 확장했으니까.

집에 도착할 무렵, 어머님께 전화했다. 김밥을 너무 잘 먹어서 캐리비안베이의 비싼 카페테리아에 갈 필요가 없었노라고, 다음 달에 우리 집도 놀러 오시라고. 그 세대 어른들답게 어머니는 돈 안 썼다는 말에 반가워하셨다. 놀러 오라는 말에도 말간 얼굴이 되셨을 거라 믿는다. 목소리가 딱 그랬으니까.

아마 오실 땐 며느리가 잘 먹는다며 텃밭 나물을 한 보따리 싸 오실 거다. 그럼 난 또 감격의 콧소리를 발사하겠지. 어떤 사랑은 그런 식으로도 자란다. 늦잠의 빚을 그렇게라도 갚는 중이다.

시어머니는 늦잠이 싫다고 하셨다. 그 덕에 나는 사실과 기억과 기록의 관계, 기어이 사랑이 남아 버리는 그 관계를 만들어 간다.

보조 배터리가 말을 할 때

몇 년 전, 둘째는 아기 띠에 매달려 있고 첫째는 길가의 개미와 하염없이 텔레파시를 주고받던 시절이었다. 길바닥의 개미, 돌멩이, 나뭇가지 등등은 3세부터 학령 전까지의 아이들만 들을 수 있는 텔레파시를 쏘지 않는가. 그러지 않고서야 한 발자국 가고 땅 보고 한 발자국 가고 돌멩이 줍고 하는 아이들을 설명할 수 없다.

그래도 이때 아니면 언제 이렇게 놀아 보겠니 싶은 마음으로 나는 아이 가는 대로 쫓아다녔다. 아기 띠 안의 둘째는 자고 있었고 첫째는 개미와 노느라 내게 관심 없으니 나는 웹툰을 볼 수 있는 절호의 기회라 오히려 좋기도 했다.

문제는 핸드폰 배터리가 4퍼센트였다는 것. 4퍼센트를 보자마자 나는 똥 마려운 강아지가 되어 평정을 잃었다. 핸드폰이 꺼지면 아주아주 중요한 연락을 못 받아서 내 인생이 10년은 퇴보할 거 같은, 말도 안 된다는 거 알면서도 꼭 그럴 거 같은 확신에 빠져 불안해졌다. 보조 배터리가 있었지만 그 역시 충전이 안 되어 있었다.

행여나 올지 모르는 그 인생의 전화를 기다리느라 웹툰은 열지도 못하고 아이를 꼬드기는 죽일 놈의 개미들만 노려봤다. 당연하게도 나를 신경 쓰는 개미는 없었고 웹툰을 안 봐도 전화는 방전됐다.

아이는 개미와 막대기와 돌멩이의 쓰리 콤보로 그로부터 한 시간을 더 놀았다. 보조 배터리에 불이 들어오지 않는다는 거 알면서도 나는 폰과 배터리를 한 번씩 연결하며 한 시간 치의 한숨만 쌓았다. 집에 오자마자 핸드폰과 보조 배터리를 동시에 충전시켰다. 아까의 불안함이 무색하게 부재중 전화도, 문자도 없었다. 거실에 폰과 보조 배터리를 둔 채 꼬맹이 둘을 욕조에 넣고 버블을 풀어 준 뒤 그 옆에 앉아서 시중을 들었다. 손발은 바빴지만 머릿속에는 아까의 배터리가 말을 걸었다.

"내가 먼저 준비되어 있어야 남을 돕는 거야. 미리 준비해야 만약의 사태를 대비하는 거지."

집에서 나올 때, 핸드폰 배터리가 얼마 없는 걸 보고 챙긴 보조 배터리였다. 먼저 준비되어야 남을 도울 수 있고, 미리 준비해야 만약을 대비한다는 말이 이리도 잘 어울리는 날이 보조 배터리를 통해 올 줄 몰랐다. 준비되지 않은 배터리는 있으나 마나 했으니 말이다.

목욕 놀이 물감으로 하염없이 타일에 그림 그리는 아이들을 보며 보조 배터리의 가르침은 사랑이라는 생각을 했다. 내가 준비되어 있어야 이 아이들을 도울 수 있다는 것, 내가 미리 준비해야 아이들에게 올 만약의 사태를 대비한다는 마음에 갑자기 비장함이 감돌았다.

비장까지는 왔으나 지금 내 역할은 방청객이었다. 영혼 없이 아이들의 물감 놀이에 방청객스러운 환호를 보냈다. 그조차도 피곤했다. 그러다 보조 배터리에 전력 충전이 필요하다면 내겐 체력 충전이 필요하다는 생각이 휙 스쳤다.

나는 벌떡 일어나서 스쿼트를 시작했다. 아이들은 갑자기 엄마가 어정쩡하게 앉았다 일어났다를 하는 걸 보고 웃음을 터뜨렸다. 큰 애는 어설프게 나를 따라했고 걸음마를 못하는 둘째는 나와 큰 애의 데칼코마니에 또 크게 웃었다. 작은 욕실에 각자의 이유로 터진 웃음이 빼곡하게 들어찼다.

그날 이후로 핸드폰 충전도, 보조 배터리 충전도 열심히 챙긴다. 전력을 충전하는 만큼 체력도 충전했더니 이제 스쿼트는 300

개를 쉬지 않고 할 수 있다. 어미의 체력은 언젠가 아이들에게 사랑이 되리라 믿는다. 물론 아이들은 모르겠지만 내게는 일종의 책임감이다. 오늘도 배터리는 완충 불이 반짝이고 나는 운동화를 신는다.

첨단 문물이 된 라디오

우리나라의 첫 라디오 방송은 1927년 2월 경성방송국에서 시작됐고 1961년 말에는 라디오 보급 100만 대를 돌파했다. 그렇다면 21세기의 라디오가 내게 갑자기 첨단 문물이 된다는 게 말이 되나? 말이 된다.

이사 온 집 주방 상부 장에 라디오가 고정되어 있었다. 꼭 오래된 친구를 만나는 기분이 들었다. 아침마다 라디오와의 연애를 시작했다.

하루에 5시간 이상씩 운전하던 시절, 나는 라디오를 끼고 살았다. 졸음을 쫓기 위해 디제이가 뭐라고 하면 다 대꾸했다. 혼자 답하고 혼자 낄낄대는 이상한 아가씨였다.

식구들이 일어나지 않은 아침, 주방의 라디오에는 대답이 나오지 않았다. 아침 주방은 사람 말소리보다 그저 음악만 나오는 게 훨씬 어울렸다. 자연히 사람 목소리가 가장 작게 나오는 KBS 클래식 방송에 주파수가 고정됐다. 어느 날은 관현악 음악이 나왔고 어느 날은 알아들을 수 없는 외국어 가곡이 나왔다.

가사가 없거나, 있어도 이해할 수 없는 가사였는데 주방을 한 바퀴 돌아서 나오는 그 음악들은 나름의 가사를 가지고 내게 닿았다. 아침잠이 많은 나는 아침 일찍 주방에 선다는 게 늘 짜증이었다. 그 짜증은 마음을 납작하게 눌러버렸는데 라디오는 그 눌린 마음에 조금씩 공기를 불어 넣었다. 이 아침에 이렇게 별일 없이 하루를 준비한다는 게 얼마나 감사한 일인지 알아? 라는 말이 음악 사이에 흐르고 있었다. 나만 위로해 주기 위해 라디오가 거기 있는 것 같은 착각까지 들었다.

그러면서 새삼 나를 키운 사람들의 수고를 생각하는 것이다. 사람이 사람을 키우기 위해 말없이 견뎌야 하는 시간이 생각보다 아주 길다는 걸 예전엔 알지 못했다. 밤중 수유만 넘기면 수월할 거 같았는데 또 다른 장벽이 있었다. 유치원만 졸업하면 쉬울 줄 알았는데 학교는 더 큰 장벽이었고 1학년만 잘 끝나면 될 줄 알았는데 2학년은 또 다른 숙제의 시작이었다. 그 짐을 항상 나 혼자 지고 있는 것 같아서 억울하던 참이었다.

아침의 주방 라디오는 너만 그런 거 아니야, 모든 인간은 그 전 세대에게 두터운 빚을 지고 살아. 빚이지만 사랑이기도 하지, 라며 나를 다독였다. 부정할 수 없었다. 단지 이제 그 돌봄 사랑이 치우치지 않기를 바랄 뿐이다. 사랑인 건 맞지만 어느 한쪽 성별만 갈아 넣어야 하는 두터운 사랑은 사랑의 진짜 의미를 퇴

색시킨다.

라디오는 정말 첨단 문물이었다. 납작해진 마음에 맞춤형 처방전을 매일매일 내려 주니 말이다. 인공지능이 아무리 발달한다 한들, 이렇게까지 개별 진단을 해 줄 수 있을까. 라디오에 속절없이 빠지는 건 당연한 일이었다.

아이들과 늘어지게 늦잠을 잤던 방학, 아점이라고 하기에도 민망한 식사를 차리면서 라디오를 틀었다. 동구 밖 과수원길 노래가 피아노 한 대로 담백하게 연주됐다. 나도 모르게 '아카시아 꽃이 활짝 폈네.' 하면서 쌀을 씻었다. 라디오가 요술을 부리는지 아카시아 향기가 스치는 것 같기도 했다. 심장이 한없이 말랑해져서 봄날의 솜털 구름이 됐다.

요새는 보이는 라디오와 실시간 댓글 놀이하는 라디오 방송이 많다. 그런 라디오는 말이 너무 많아서 적어도 내겐 말이 안 되는 모순을 본다. 소란스러운 정보보다 말 없는 음악이 확실한 답을 줄 때가 있다. 어지러운 마음이 음악에 묻혀 저도 모르게 잔잔해진다. 그러니 오로지 들을 수만 있는 라디오를 챙긴다. 말 없는 라디오가 말을 가장 많이 하는 첨단으로 남기를 바란다.

오늘도 무사히 하루가 시작되었네.♪
길고 긴 시간동안 사랑을 받고
자랐네.♪

미니멀 대신 미루면

어쩌다 한 번씩 미니멀 라이프 SNS를 열어본다. 그들의 매일은 어쩜 그리 티 없이 깔끔할까. 거실 바닥이 밝은 아이보리 색이면 숨만 쉬어도 응당 얼룩이 생겨야 하는 거 아닌가. 바람 불면 빠지는 머리카락이 어수선하게 굴러다녀야 하지 않는가. 왜 우리집만 생기고 우리집만 굴러다니는가. 아일랜드 식탁 위의 가방과 효자손과 커피 컵과 머리 끈은 나만 쓰나. 대체 그들은 그것들을 어디에 둔단 말인가.

이제 험담의 시간이다. SNS는 다 꾸며진 거짓이고 저 예쁜 소품도 카드빚일 거라고 혼자 구시렁대다 결국엔 살림 못하는 나로 돌아온다. 나에게 소구됐으니 이 험담은 공정했다 치고 벌떡 일어나 정리를 시작한다. 정리한 지 오 분도 안 지나서 하늘을 이고 있다는 아틀라스의 피로가 덮쳐 온다. 그래, 잠깐 미루자.

잠깐이 아닐 거 알면서 그렇게 미뤄진다.

미니멀을 오래 하는 대신 그렇게 '미루면'을 오래 했다. 뭐라도 오래 하면 나름의 결이 생긴다. 살림을 미루고 그날치의 행복을 먼저 찾았다. 내가 하고 싶어서 하는 일을 먼저 했더니 지겨운 살림도 그럭저럭해낼 힘을 주었다.

내가 충전되면 못하는 살림도 잘하는 것처럼 보였다. SNS에 찍어 올릴 만한 구석은 없어도 나 아니면 널 누가 예뻐하겠느냐의 마음이다. 알지도 못하는 사람이 올린 사진에 비교하며 내 살림을 미워했던 마음을 얼른 접는다. 내가 그래 놓고 내가 미워하는 것도 웃긴 짓이다.

다른 살림과 군이 비교하면 그 파편이 보이지 않는 송곳이 되어 나를 찌른다. 나만 찌르면 낫겠는데 내 안에서 숙성된 날카로움이 다른 방향으로 뻗치는 날도 있었다. 날카로움을 군이 만들 일은 아니니 비교를 멈추든, 넘어서든 해야 했다.

해도 안 되는 걸 그냥 두는 것도 일종의 용기였다. 나는 용기 있게 살림을 미루면서 부드러움을 배웠다. 비교해도 아프지 않을 마음은 부드러움에서 나온다. 랜선 세상 속 예쁜 것들을 진심으로 칭찬할 마음이 생겼다. 부드러움이 수두룩하게 쌓였다.

수두룩하게 쌓인 부드러움으로 오늘을 산다. 살림으로 스트레스를 받지 않는다고 하면 거짓말이겠지만 적어도 쌓인 부드러움으로 만성 스트레스를 막는다. 스트레스의 라틴어 어원은 '조이다.'에서 왔다고 한다. 살림이 나를 조일 때 그들을 문장으로 풀어낼 줄 아는 기술이 미니멀을 미루면서 나도 모르게 생겼다.

미니멀이 안 되는 사람이 있다면 미니멀 대신 미루면으로 살아도 괜찮다고 말하고 싶었다. 미루다 보면 핀터레스트 같은 사진으로 랜선 한쪽을 차지하는 날은 영원히 오지 않는다. 그러면 어떤가. 가상현실 속 티끌만 한 세상 한쪽 차지하는 것보다 현실의 편한 마음을 차지하는 게 훨씬 낫다. 편해지면 못하는 살림은 없다. 나름의 방식으로 다 잘하는 살림이 된다. 그러니 나도, 당신도 살림을 못해도 잘한다.

인생에서도 못해도 잘한다고 믿어 버리면 이 팍팍한 일상에 숨통이 트이지 않을까. 살림에서 시작한 작은 바람 줄기가 조금씩 삶 전체를 비집고 들어온다. 그 시원함을 누릴 자격은 온전히 나의 태도에서 시작된다. 살림 못하는 완벽주의자는 그렇게 만들어진다.

협성문화재단
NEW BOOK
프로젝트 총서

살림 못하는 완벽주의자

ⓒ 음감(최은영), 2022

초판 1쇄 발행 2022년 12월 20일

지은이 음감
발행처 (재)협성문화재단
      부산광역시 동구 충장대로160
      협성마리나G7 B동 1층 북두칠성도서관
      T. 051) 503-0341   F. 051) 503-0342
제작처 부크럼 출판사
      T. 070) 5138-9971   E. editor@bookrum.co.kr

ISBN 979-11-6214-428-2 (03800)